伊卡洛斯的罪刑

楓雨——著

「伊卡洛斯，你必須在半空中飛行。如果飛得太低，羽翼會碰到海水，沾濕了會變得沉重，你將被拽入海裡；要是飛得太高，翅膀上的羽毛會因靠近太陽而著火。」

——《希臘神話》

推薦語（依照筆畫排序）

讀這本小說就像觀賞一場精彩的棋局，對奕者步步充滿算計，虛虛實實，實實虛虛，以為自己是棋手，最後卻都成了身不由己的棋子。

在爭權奪利的不歸路上，無人是真正的贏家，而觀棋者眼中的天使，或許才是最十惡不赦的魔鬼。

——主兒　推理作家／《福爾摩沙．血寶藏》作者

長期經營臉書粉絲頁「台灣推理推廣部」的楓雨，終於從推廣走向創作，其對台灣推理的用心超乎常人，絕對值得肯定。《伊卡洛斯的罪刑》以希臘神話中伊卡洛斯之故事作為隱喻，是一部故事流暢、角色飽滿且主題深刻的犯罪推理小說。這部成功的處女作標誌著台灣推理界再出新星，讓人對本土推理的未來充滿希望。

——林斯諺　推理作家／《床鬼》作者

選舉文化的闇黑惡質，連校園也不能倖免？政二代在校園選舉裡的權謀算計、勾心鬥角，讓人瞠目結舌。作者對於主角耍心機的犀利描繪，如同把政壇上許多政治人物的華麗外衣倏然

揭開一般，一針見血又觸目驚心。讀完《伊斯卡洛的罪刑》，恍悟為何有那麼多人罹患政治冷感症；因為所謂的政治，也許從一開始的選舉動機，就已經髒掉了。

——牧童　法庭推理名作家

在推理文學獎盛行，能見度卻亟待提升的年代，楓雨的《伊卡洛斯的罪刑》嘗試走出自己的行徑——從土地出發、翱翔天際、重回生活現實，同時也作為葉世傑在歷時性的成長中的縮影，也能看見台灣推理小說的發展，隨著新一代的創作者，更趨近青年世代所關注的議題及其群體對「正義」的辯證與反思，除了小說外，也深具社會性的實踐意義。

——洪敘銘　本土推理研究者／《從「在地」到「台灣」——「本格復興」前台灣推理小說的地方想像與建構》作者

所有的偶然，都來自於無法一眼洞穿的必然。

一次槍枝走火的意外事故，殘酷地改變了所有人的命運，猶若蟲蚋受蛛網牽制，愈掙扎愈纏綑，難以脫身。在這個稱之為「權力傾軋」的遊戲裡，每個人都是玩家，沒有成年、未成年人的區別，扳機一旦扣發，命運如亂數碰撞的骨牌，壓垮了眾人的未來。

然而，《伊卡洛斯的罪刑》告訴我們，命運的齒輪其實毫無偏差，精密地驅使著未來，朝向重蹈覆轍的輪迴而去。這場完全犯罪，所有人都是參與者。

——既晴　推理、恐怖小說作家／評論家

十五年前的兩聲槍響和十五年後的兩聲槍響，錯綜複雜的人性，透過不同書中人的視點，娓娓道出這麼一段扣人心弦的故事。《伊卡洛斯的罪刑》說的就是有關誤解和救贖。誤解是啟端，救贖是過程，結局是你我閱讀之後、低迴不已的餘韻。只是閱讀期間，我好像被深度催眠，隨著作者的文筆所經營的情節和人物的描寫，經過一場又一場迷亂的夢境，宛如飛翔在太陽與海洋之間的伊卡洛斯。

——葉桑　推理作家／《夜色滾滾而來》作者

自序　那個想飛的男孩，伊卡洛斯

想說一個故事。

每篇小說，都出於這個簡單的想法，這篇小說也是一樣。記得是某天夜裡，忽然想著：如果一個男孩，為了阻止一起槍擊案，卻讓槍枝不小心走火了，而且流彈還殺害了一個人，那男孩未來會帶著怎樣的心情活下去？

那個男孩，就是此作的第一主角——葉世傑，而一篇小說的種子，也在心底萌芽了，成了這篇小說的〈楔子〉，以《走火》為題，開始了第一個版本的故事。

於是我開始挖掘葉世傑這個男孩，首先我想寫他的未來，就說說十五年後吧！那男孩不經意奪走一條性命，肯定會一蹶不振吧！因此，在小說最初版本的第一章，其實是〈啞鈴〉，敘述一名三十多歲的男人，背負著悔恨，在社會邊緣放逐自己的故事。然後，在〈啞鈴〉那個篇章裡，劉警官走進來了，也就是當年走火事件的承辦員警，他執著於案件真相，卻因此把自己的前途賠上了，他懷疑葉世傑才是犯人，多年來對那個男孩窮追不捨……

於是，劈哩趴啦，這篇小說就像骨牌一樣，一下便展露出它的樣貌，在進行一次敘述手法的大翻修後，完成了一個四萬多字的版本，以此投稿至第五屆ＢＥＮＱ華文世界電影小說獎，很榮幸入圍了決審，並獲得影評人鄭秉泓老師評語：「體裁不錯，具有完美的推理布局，引人入勝」。雖然最後很不幸地沒有獲獎，但是我認真看了決審時其他評審的評價，不外乎是超脫現實，還有說服力不足等，以這些評語作參考，產生了第三個版本。

評審的評價並非毫無來由，這得從葉世傑的角色背景說起。葉世傑出身於政治世家，彷彿出於家族宿命，他在學生時代便積極參與公眾事務，就在一次系學會長選舉的過程中，發生了那起走火事件，也成了一切悲劇的序曲。

因為被流彈殺害的那個人，正是他選戰中的對手。

作為政治世家之子，這樣的巧合不免被父親的政敵過度渲染，也成了劉警官窮追不捨的理由。曾經，葉世傑因為家族賦予的翅膀而能遨遊天空；然而當他飛到最高點之際，這對翅膀卻辜負了他的信任，讓他墜入黑不見底的萬丈深淵。

第三個版本，一下暴漲到近十萬字，除了更深入挖掘葉世傑這個角色，也把他拉下凡間，他不再是高高在上的政治世家之子，只不過是想飛的伊卡洛斯，儘管他擁有著父親給的翅膀，所以飛得比別人高，也摔得比別人重，但脫下翅膀後，他和你我並沒有甚麼不同。

我想說的是這麼一個故事，如伊卡洛斯，如其它口耳相傳的神話，看似富麗堂皇，但是褪去華美的外殼後，是最純粹原始的想望。

最後容許我以徐志摩的名句作結：「飛，原來人都是會飛的。」

2018 春 楓雨 文

CONTENTS

推薦語 004

自序 那天晚上，走火 007

楔子 011

第一部 以父之名 013

過去之章I 狂傲的破壁人 014

事件之章I 第二發子彈 039

現在之章I 啞鈴 067

第二部 一觸即發 085

過去之章II 詭譎的觀浪師 086

事件之章II 第三名嫌犯 107

現在之章II 好人 124

第三部 機關算盡 149

過去之章III 孤獨的守望者 150

事件之章III 他們的過去 171

現在之章III 囚徒 189

伊卡洛斯的罪刑
Deviation of the Accidental Discharge

楔子

一聲槍響。

誰也不知道那把槍是哪裡來的。有一刻大家以為是開玩笑，直到看到有人撲了上去，把開槍的那名男孩按到牆邊，大家才警覺到事態不太尋常，不過似乎也有一部分人認為，那名撲上去的男孩也太大驚小怪了。

雖然每個人想法不同，但在那四周的人卻一下子散了開來，他們緊迫又小心翼翼地推擠到這間教室唯二的兩個出口……

除了一個人。

「看甚麼？跑啊！」那名撲上去的男孩略略偏過頭，咬著牙吼向待在一旁的那人，也是名男孩。

那名旁觀的男孩就站在槍口的延伸線，於是撲上去的男孩又加點制服的力道，那把槍便扎實地貼到牆上，緊緊壓住持槍那人的手，而剛剛扣下扳機的手指，也被壓到扳機保險下，指節因為缺血泛著磣人的白。

「跑啊！」男孩又對呆立在旁的那人吼了一聲，表情因為用力過度而顯得痛苦，而那持槍者雖然被壓著，卻不斷發出野獸般的沉悶喘息，看來就好像隨時會失去控制似的。

「跑啊……」撲上去的男孩又喊。
「嗚……」持槍的男孩發出陣陣低吼。
幾秒後，隨著一聲槍響，一名男孩被殺死了。

第一部

以父之名

過去之章Ⅰ　狂傲的破壁人

「我沒辦法和你繼續下去了，因為你實在太……太完美。」

本該是愉快的澎湖班遊，此刻葉世傑卻只能沉悶地躺在民宿的單人床上，回想著兩個月前蔡詩涵和他分手時所說的話。這種如偶像劇般的狗血對白，葉世傑從沒想過會從一個活生生的人口中說出，而且竟然還是蔡詩涵這樣的人。

這樣一個完美的人。

從高中那時開始，她就總留著一頭清秀的長髮，不須任何綁線或髮夾，就能維持某種隱形秩序，就像她的舉手投足，從來沒有多餘動作，但又不是傳統的拘謹柔弱，如果套在男性身上，或許還會博得「紳士」的美名。她做事總是慢悠悠的，但只是看起來緩慢，實際上工作效率和一般人差不多，只不過省去了冗贅的動作，所以一舉一動才能看起來如此優雅從容。

「我有時會懷疑，你並不是因為喜歡我，而是把我視作一個完美情人。」

的確，葉世傑承認自己喜愛這樣的完美，兩人是從小便同班的青梅竹馬，雖然一直到高中才正式交往，但葉世傑在更早之前就被這樣的氣質給吸引住了，這難道還不叫喜歡嗎？完美作為蔡詩涵的一個特質，難道就不能同時喜歡嗎？

更何況，要說葉世傑自己太過完美的話，有部分也是受到蔡詩涵的影響。正是因為從小一起長大，就算不刻意模仿，耳濡目染之下，就猶如和高僧同處一片屋簷下，一舉一動也會忽然有禪意起來。

「我知道你是要做大事的，你的人際關係、朋友、家人……每一層你都想做到完美，你要我們成為完美情侶，甚至完美夫妻……可是，這樣你還是你嗎？」

我還是我嗎？葉世傑在內心自問，但思索很快被一陣敲門聲打斷。

「請進！」葉世傑喊了一聲，便起身打理了一下自己的儀容。

「我來早了嗎？」應聲開門進來的是戴著銀框眼鏡的蘇伯達，雖然每次都這麼說，但他總是習慣提早赴約，看葉世傑已經起身坐在床邊，蘇伯達便坐到另一張床上，隨手拿起遙控器便打開了電視，轉到了新聞台。

「我認為葉誠彰這次真的完蛋了，市政被葉家把持了那麼多年，那麼多弊案就是擺在那邊，還有黑道的問題，之前葉家是沒遇過強勁的對手，但這次碰到的這個政治素人陳泰鴻……」

或許是聽見關鍵字，蘇伯達將頻道停在一個談話節目上，葉誠彰正是葉世傑的父親，此時正在爭取市長連任，葉家是一個存在很久的地方政治世家，出過好幾名市長和議長，議員更是不計其數，然而這次遇上了程咬金，政治素人陳泰鴻。

葉世傑本以為蘇伯達會因為怕尷尬而轉台，畢竟他就是因為怕尷尬，才會打開電視來消磨時間，沒想到他卻停了許久，最後還轉過頭看向葉世傑問道：「你爸的選舉還行嗎？」

「反正那種事我也管不了。」葉世傑勉強笑了笑：「現在只能擔心我們系學會選舉的事吧！」

「那件事等大家來了再討論，先聊你爸吧！」蘇伯達顯然不想轉移話題。

「這我真的不知道。」葉世傑臉色一沉，平時蘇伯達不會這麼執拗的。

「你總是這樣。」蘇伯達原先好奇的目光也黯淡了下來，轉頭又把目光移回到電視機上：「是因為害怕繼續說下去，會說出不太好聽的話吧！」

「你總是這樣，說話前總思考著甚麼是對的，我們要相敬如賓到甚麼時候？」

葉世傑又想起蔡詩涵那晚的談話，蘇伯達應該沒聽見，但為什麼他們說的話那麼像？還是說蘇伯達也像蔡詩涵一樣，認為他是一個沒有任何情感的機器人，一舉一動都只在乎是否是正確的選擇？但是，正確難道不好嗎？

「我不想要完美情人，我不想成為情感手冊的範本，我是我，你是你，我要活出自己的人生……或者，我們。」

那是他第一次聽見蔡詩涵吼著說話，不過也說不上吼，頂多是如野獸對峙時那般悶沉的低吼，說不定聲音還比平時說話還小些，但不知道是因為語氣還是內容，這段話的衝擊力是很可觀的，讓人禁不住微微顫抖。

「有時我根本不曉得你懂不懂人類的情感，不懂情感為什麼要談戀愛！」

最後說完這句話後，蔡詩涵就頭也不回地離開了，葉世傑沒追上去，因為他不確定應不應該追，他一向認為情感應該是自由的，尤其蔡詩涵一定經過深思熟慮，這對她大概是最好的選擇，這時還追上去的話，會不會就是一種強人所難？

「你又在思考了嗎？」蘇伯達的聲音再次打斷了葉世傑的思緒，他差點以為自己把想法說出口了，不過仔細想一下後，才發覺剛剛光顧著回憶，還沒回應蘇伯達先前的話題。

「我只是在想，晚上該怎麼開口問我爸。」葉世傑輕輕帶過，這時剛好響起一陣敲門聲，便順勢阻止了蘇伯達的進一步探問：「請進！」

「雖然我每次都要說一次，但我還是必須說，為什麼不開視訊就好了呢？」進門的是綽號「駭客」的簡翰和，他此時雙手抱著電腦，充電線像毛巾一樣掛在脖子上，用腳把門踢上後，他很快將一張椅子移到插座旁，插上了充電線。

「反正今天大家住這麼近，就直接聚一起就好啦！」葉世傑故作開朗地說。

「問題是有個人老遲到啊！」簡翰和抬頭環視了房間一周，皺了皺眉頭：「怎麼這次少了兩個人，曹峰呢？」

「他剛上任班代，需要幫忙同學處理一些事情。」蘇伯達回答。

「那不是交給甚麼班遊委員會之類的就好了嗎？」簡翰和雖然這麼說，但似乎最在意的還是遲到本身，對遲到的理由不太有興趣，很快便翻開筆電螢幕做自己的事，但嘴巴還是停不住抱怨：「而且住太近反而麻煩，同學一堆閒言閒語……」

葉世傑不是不知道，大一到大二的班代都是由他身邊的人擔任，雖然都是透過民主投票通過的，但一些同學早對他們這樣的小團體頗有微詞，因此每當發現他們又聚在一起時，總會引來一些閒言閒語，雖然今天的確要討論選舉的事情。

「班代可能還是要確認一下明天的行程吧！大概也不會太晚。」葉世傑刻意避開簡翰和的後一句話，很幸運的是這時又傳來一陣敲門聲，也就不需要面對其他兩人的質疑：「請進！」

進門的是剛剛提到的曹峰，只見他氣喘吁吁地說著：「抱歉來晚了。」

「沒關係，反正還有一個永遠晚到的。」簡翰和頭也不抬地說著。

「沒遇上甚麼困難吧！」葉世傑隨口對曹峰問道。

「沒甚麼，委員會都安排好了。」曹峰說著便拉出梳妝台的椅子坐下。

「不需要打給黃司安嗎？」簡翰和又不耐煩地說道。

「再等一下吧！他應該記得。」蘇伯達看了看錶。

彷彿事先排練過般，這時門「碰」一聲打開了，還來不及細看，一個人影便飛上了蘇伯達所坐著的床鋪，等到動作停下來之後，才看清來的人正是綽號「老三」的黃司安。

「我錯過了甚麼呢？」黃司安抱起枕頭，興奮地環視房內的所有人。

「你要是準時到的話，就不用每次都問這一句了。」簡翰和冷冷地說著。

「既然人都到齊了……」蘇伯達拍了下手便要開場。

「等等，我得先說一件事。」黃司安打斷他，接著看向葉世傑：「老大……」

「別閒聊了，先開會吧！」蘇伯達異常嚴厲地喝斥一聲。

「不過這和系學會長也有關係，老大你聽我說……」黃司安還是不死心。

「是要說詩涵的事吧！」葉世傑從兩人的反應猜出了端倪，畢竟蘇伯達平時不是那麼刻薄的人，而且稍早大家一起去澎湖西南角的風櫃洞時，他也看見了，實在沒有甚麼好避諱的：「詩涵她……和別人在一起了吧！」

「那個人叫張健志。」簡翰和在一旁補充。

「怎麼沒聽過這個名字？」曹峰頭貼著牆，像在努力回想。

「我沒看過他上課，不過的確是我們班的，成績維持在中上。」簡翰和敲打著鍵盤，但看來他說的那些不是顯示在螢幕上，而是早知道的事實，現在他不過是利用談話空檔，做著其他更重要的事。

「不得了耶！駭客，這也駭得到喔！」黃司安在一旁鬧哄，便湊了過去。

「我無聊的時候就會注意班上的人，所以大概知道每個人的出席率。」簡翰和閃躲地挪開身子，把螢幕偏向黃司安看不見的方向，然後接著說：「至於他的成績，是因為他沒改過學校的預設密碼，所以只要知道身分證字號就弄得出來。」

「別查了，反正知道這種事也沒意義。」葉世傑找了張椅子坐下。

「如果你要選系學會長的話就有意義。」簡翰和第一次抬起頭，不過他沒看向任何一個人，只是自顧自地說：「上次曹峰選班代時，反對我們的人刻意協調出一名女性候選人，那時你是因為蔡詩涵在所以才沒損失……」

「選舉這種事情跟性別沒關係，只要我們的理念和做過的事獲得認同就好了。」葉世傑也罕見地打斷別人說話。

「要不然副班代找個有影響力的女生也可以。」曹峰打圓場似地說。

「跟你說不是那個問題！」葉世傑的聲音不知怎地稍微大了起來。

「面對現實。」簡翰和通常這時都會放棄爭辯，不過他這次卻繼續說：「許多人會容忍我們這個小圈圈，就是因為蔡詩涵，別說女生了，更多男生願意相信蔡詩涵，一般人根本就不會想浪費力氣去看我們的……」

「你們到底怎麼了！」葉世傑的音量又提高了，而且已經接近叫喊，接著他看向蘇伯達：「伯達，你不會也這樣想吧！」

「的確有部分的人懶得關心班級事務……」蘇伯達避重就輕地說著，但是兩方人對他施加的壓力不減反增，所以他只好繼續說：「這種人會對小圈圈有非理性的反感，而如果又懶得去了解我們針對質疑所作的回應……」

「這時，他們會投我們就完全是因為蔡詩涵。」曹峰幫蘇伯達做結論，曹峰一向視葉世傑為偶像，現在卻以無比同情的眼神望著他：「抱歉，我不得不說，蔡詩涵的確是大部分同學的模範。」

「搞甚麼嘛！」葉世傑兩手一攤，頭往後仰：「我們不過是分手而已，也不至於吧！難不成，她會因為有個人答應讓她選副會長，就跟他在一起？蔡詩涵不是這種人，而且就算分手……」

「在一起這個詞是在某個時代開始被濫用的，原本不是這個意思。」簡翰和像是意味深長卻又意味不明地說著這麼一句。

「他們也有可能不是在交往。」曹峰為簡翰和作了翻譯。

「越來越有趣了。」黃司安在一旁看好戲似地呵呵笑著。

「一個從來不上課的人，會對系學會長有興趣嗎？」葉世傑想到這裡似乎輕鬆許多，把身子又更往後仰了些：「我覺得你們都想多了。」

「如果從來不上課，蔡詩涵是怎麼跟他在一起的？」簡翰和像在自言自語。

「不過詩涵畢竟是班花啊！」蘇伯達給了個回答。

「可是一個不跟班上同學打交道的人，真會想參與系學會嗎？」曹峰雖然對班級自治感到悲觀，但是對於神祕人物的看法，還是和葉世傑站在同一邊：「而且就算詩涵跟他搭檔，這種人一下出現在班上，大家也會覺得莫名其妙吧！」

「分析一下吧！」簡翰和難得對一個話題那麼投入：「如果他們兩個人是在交往，那張健志有辦法從零開始接近蔡詩涵，就代表他也有機會從零開始說服班上其他人。而如果他們只是選舉的搭檔，那蔡詩涵會選擇他一定有某種理由。」

「等一下。」葉世傑半笑不笑，從來沒那麼狼狽過：「不需要這麼複雜吧！就不能是班遊偶然遇到的嗎？」

「或許蔡詩涵也好奇班上怎麼會有這麼一個人。」黃司安附和道。

「這的確是一種可能。」蘇伯達順勢說。

「但是……」簡翰和還想說些甚麼，卻被悶沉的敲門聲打斷。

「我們不是人都齊了嗎？不會敲錯門吧！」黃司安首先說了這麼一句。

「不對，比起這個……」曹峰苦笑著對黃司安搖搖頭：「更重要的應該是，我們剛剛在這裡說的話，門外聽得見嗎？」

「聽見也沒關係，反正沒有人會信。」蘇伯達爽快地站起身往玄關走去。

「我們打開電視吧！」黃司安這時才意識到狀況，誇張地顫抖著。

「你不要壞事就好。」曹峰一把將黃司安抓起，提到門口看不到的地方。

「噓！」蘇伯達探頭進來瞪一眼，才轉過身開門。

「嗨！」門口一開便出現一列白牙排出的咧嘴笑，就像愛麗絲夢遊仙境裡的貓：「很抱歉，推理遊戲結束了。」

「張……」蘇伯達到口的話忽然哽住，他轉過頭看向房裡，才發現他的夥伴紛紛探出頭，從眼神就可以推測，每個人都知道訪客的名字，卻也都在猶豫著是不是要假裝不認識，幾個人的脖子像被卡在洞口，不知道該怎麼伸縮。

「我就是張健志。」他又微微一笑，這個笑少了侵略性，接著他趁蘇伯達恍惚間一把將他推進房裡，順勢走進房並踢上門，左右腳交互卸下另一腳的鞋，歇斯底里地往踏墊用力踩了踩，最後抬起頭又笑著說：「我真受夠海邊的沙了。」

五人就這樣瞪著他莫名其妙的行徑，接著他居然開始脫衣服！

「接著！」他先把灰色大衣扔向最驚魂未定的黃司安。

「麻煩了。」然後工整地把褐色背心和紅色網格襯衫遞給蘇伯達和葉世傑。

接著他用兩根手指卸下左右兩隻襪子，沒遞給任何人，又把手伸向褲頭……

「等一下。」葉世傑這時才想到伸手阻止：「你這是幹嘛？」

「洗澡啊！」張健志理所當然地說：「你不覺得海風黏得折騰人嗎？」

「可是為什麼要在這裡？」曹峰也從驚愕中恢復。

「你的房間應該是205。」簡翰和看著電腦，不過顯然他早就知道。

「我知道啊！」張健志接著解開皮帶，其他人不約而同轉過頭，他顯然被逗樂了：「別這麼拘束，我只是想說站在外面那麼久，總有資格要個熱水澡吧！」

當大家略帶尷尬地慢慢回過頭時，才發現他身上只剩一件亮黃色衛生衣和一件與襯衫有相同網格的四角內褲，姑且不論這到底是偶然還是刻意搭配的結果，重點是這時他又把手伸向那兩件僅有的衣物，似乎又要脫起來……

「等等。」蘇伯達把手搭到他肩上，眼神尷尬地偏到一旁：「就算要借浴室，也用不著在這裡脫吧！」

「欸？」張健志一副不甚理解的樣子，反而把其他人弄得更糊塗了，彷彿他是來自另一個星球，第一次發現這個宇宙居然還有這樣的規則似的，還好他接著看似理解地點點頭，把蘇伯達推到一旁，就要往浴室走去。

「呼！」蘇伯達一下癱坐在床邊，就像剛完成了一件大事，不過就在這時，眼前冷不防飛過亮黃色物體，蘇伯達一下沒意識到是甚麼，待他反應過來，後方已傳來一聲慘叫，而他的身體早已貼心地脫離意識往後臥倒。

「不要，真的不要……」仰躺著的蘇伯達只能看到黃司安驚恐地揮著手，然後沿著他的視線望去，只看見那裡掛著一張惡作劇的笑臉，然後一隻拿著網格布料的手緩緩舉起……

「喂！」是曹峰，想來就剩他和簡翰和沒受過攻擊，而簡翰和旁邊晾著那件亮黃色衛生衣，可以想像那件衣服剛剛不是砸在他頭上，就是掛到了屏幕上。

「他到底想幹嘛啊！」曹峰嫌惡地把內褲扔到一旁。

「是因為聽到我們的談話，所以覺得我們理虧吧！」簡翰和推論道。

「等等。」葉世傑低聲制止他們，等到浴室終於傳來水聲，他才點頭繼續說：「我不認為詩涵會喜歡這種類型。」

「如果是單純吃醋，想報復前男友呢？」蘇伯達提出另一種可能。

「現在也沒辦法下結論，等他洗完澡再見招拆招吧！」葉世傑做了總結。

而他們也沒等太久，張健志似乎就只是想沖掉海風的黏膩感，很快從浴室出來，身上披著飯店的浴袍，拿浴巾搓了搓頭髮，滿意地微笑：「這下舒服多了。」

「我們就敞開說吧！」曹峰首先發言：「你到底想幹嘛？」

「首先你們幾個人的推理都十分有意思。」張健志找了張椅子坐下，不知道是不是錯覺，總覺得他看起來沒之前那麼瘋癲了，他抽了抽黃司安坐著的一條棉被，黃司安便識趣地讓開，張健志拉來棉被蓋到身上，然後轉身按幾下牆上的空調面板，這期間沒人吭一聲。等張健志忙完回過頭，又掛上了那張惱人的笑臉，接著他轉向蘇伯達：「這些事情，就算我說出去也沒人會信吧！」

蘇伯達不知道該怎麼回話，只能假裝咳一聲。

「如果你們一直都是一臉外行樣，會讓我很困擾啊！」張健志嘖一聲，一臉「孺子不可教也」般撿起腳邊的網格花紋四角內褲，黃司安和曹峰防禦性地把雙手舉起，張健志望著他們，冷冷抽動幾下嘴角，搖搖頭，拿著內褲揮了揮：「這是第一課，碰到不確定的人時，要確定他沒在錄音，就算說出去不會有人信，錄音還是有辦法影響很大一部分的人。」

黃司安開始翻找張健志的大衣，曹峰拍了一下他的頭。

「找啊！不然你們以為我在這裡裹著被子是為什麼？」張健志揮了揮手。

「這種事情就算錄音也不要緊吧！」葉世傑一臉無趣地把大衣、背心和網格襯衫扔上張健志蓋著的棉被：「我們願意對自己的言論負責。」

「還是那麼逞強啊！」張健志饒有興致地舔了一下嘴角，然後「喲——咿——」地怪叫一聲，才又像是從瘋癲中恢復般點點頭：「這也是不錯的方法，每句話的背後都能有許多種解釋。」

「所以你到底想幹嘛啊！」蘇伯達又問。

「除了希望你們爭氣一點，另外一件事就是想來正式宣戰，不過其實兩件事也可以當作同一件。」張健志歪著頭又自顧自地笑了：「正式宣戰就是希望你們早點準備，如果你們到一直都是這樣無趣，會讓我很困擾的。」

「果然是這樣。」簡翰和盯著電腦螢幕自言自語。

「未免也太無聊了吧！」葉世傑說著便躺上床鋪，隨便拉件被子蓋上。

「是和蔡詩涵搭檔吧！」簡翰和眼神仍舊沒對上來訪者。

「我說這種事情……」葉世傑的聲音又不自覺高了起來。

「詩涵姊肯定不會答應的吧！」聽見這句話，其餘五人不約而同地瞪大了眼，因為誰也沒聽過這樣的稱呼，望向聲音來源，只見張健志還是掛著那張招牌笑臉，一點也不在乎氣氛的轉變，只是自顧自地繼續說：「不只她不答應，找她搭檔也不過是反效果而已，畢竟實際參與班級事務的是葉世傑和他的小伙伴，詩涵姊不過是輔助和形象擔當，她參選只會被當成情侶之間的彆扭吧！」

「詩涵姊？」黃司安直白地提出疑問，被曹峰拍了下頭。

「如果是我的話，就會繼續讓她成為這樣的形象擔當。」張健志一點都不理會他們的疑問，仰頭擺出思考的樣子：「那這個班上還有誰能夠擊敗你呢？從上次的經驗看來，你對實務操作的確很上手呢！這樣的話，就不能以政策取勝……」

「啊？如果不以政策取勝的話也太奇怪了吧！」葉世傑搖搖頭，忽然扭過頭冷冷地哼笑一聲，像在模仿張健志，又像原本就有的性格：「難道又要批評我們一直把持公共事務嗎？要證明熟悉公共事務的人不該當選，就必須拿出政見來。」

「剛剛你們不是也談到了嗎？選民不是完全理性的。」張健志一改剛剛慵懶的眼神，忽然變得目光如炬，脖子也微微向前傾：「而造就不理性的部分，就在於候選人的特質，這麼說來，對手是你的話，或許就先輸了一截了呢！」

「我們是以實務派取勝！」葉世傑也把身子往前傾，兩人互相瞪視著。

「那我就來證明實務派毫無用武之地！」張健志將浴巾揉成一團放上頭頂，同時屈身向前，髮絲上的水滴零落地滴在兩人之間的地毯上：「要從人格特質擊敗你，就必須動用到這班上的另一張王牌。」

「詩涵不可能跟你瞎攪和……」葉世傑陰冷地翹起一邊嘴角。

「你還不明白啊！一直在那裡詩涵詩涵的……」這時張健志又往後躺上牆，但仍沒有鬆緩剛剛的劍拔弩張：「你父親要選市長吧！應該這麼說，是為了要尋求市長連任吧！而再往更上一層來講，你根本就是來自一個政治世家吧！」

「陳書華。」簡翰和忽然吐出一個名字。

「沒錯，我們的另一位政治貴公子。」張健志對簡翰和拍了拍手。

「還以為你要說甚麼呢！」葉世傑哼了一口氣也往後仰，雙手閒適地往後撐著身體：「如果你相信政治世家流著領導人的血脈，那這個世界就不需要民主了。」

「要說留著領導人的血脈，大概一半的機率吧！不過也比一般人高了，更重要的是，這個世界本來就不是公平的。」張健志搖搖頭：「我不是說政治家之子就能打贏選戰，我只是說這些人訓練起來比較簡單。」

「可是這只是學校的選舉啊！」葉世傑又冷笑一聲。

「但這是大學，我們也有投票權了。」張健志說著站起身，其他人反射性別過臉，不過想到棉被下還有浴袍，便安心地回過頭，卻撞見張健志把浴袍扔掉。

「大哥你也注意一點。」曹峰忍不住抱怨。

張健志沒說甚麼，只是愉快地把衣服一件件穿起來，嘴裡還小聲哼著不知名的曲調，等到終於恢復到進門前的樣子，才像換了一個人似的挺直腰桿，禮貌地往兩個方向分別鞠躬一次，說了聲：「多謝款待。」就逕自離開了房間。

當每件衣服都穩妥地回到他身上時，所有瘋癲的感覺便神奇地消失了，反而給人一種沉靜高雅的形象，舉手投足是如此乾淨俐落，毫無多餘動作……雖然誰也沒有明說，但在場所有人都不約而同地聯想到了蔡詩涵。

「就算他真的把算盤打上陳書華，也不可能勸得動他吧！」簡翰和首先脫離這種夢境般的精神狀態。

「對啊！那個人還挺低調的。」黃司安在一旁附和。

「不過他看起來是認真的。」葉世傑盯著張健志離去的房門說，在那張少有負面情緒的臉上，出現了有史以來最大的風暴，雖然仍舊小心地克制並遮掩，但如果拿房間的牆做基準，就可以觀察到葉世傑的身體正細細地顫抖著。

「我回來了。」陳書華在玄關輕喊一聲，然後把鞋子脫下來整齊放好。

「回來啦！」首先反應的是客廳的大哥。

「嗯，大哥。」陳書華邊應聲，邊拿出鞋櫃的拖鞋穿上。

「回來啦！」從裡門又探出一個人頭，是二姊正親切地對他微笑著。

「嗯。」陳書華套穩拖鞋後便要往書房走。

「等等嘛！榮叔也在。」二姊拎起他的側背包便往廚房走去。

「啊！是喔……」陳書華沒表現明顯的好惡，只跟著走進被炒菜聲淹沒的廚房，對著坐在餐桌旁拄著鋁製拐杖的的矮胖中年男子喊道：「榮叔！」

「欸！」而男子剛剛似乎在沉思，轉頭隨意應了聲，然後似乎才看出來者是誰，微微彎起了嘴角，但不是那種長輩對晚輩的笑，反而像打量有趣事物般的那種表情，接著他轉過身，對正炒菜的男子喊道：「喂！你家三少爺回來了！」

「爸！」陳書華這時才以略高的音量大聲喊。

「欸！回來啦！」炒菜的男人轉過身微微一笑，這才像長輩的笑顏，又轉回去大火快炒，這位看來像快炒店大叔的男子，就是張健志暗示的那位市長挑戰者——陳泰鴻，此時他正滿臉笑意地背對餐桌喊著：「晚飯很快就好欸！」

「坐著等吧！」二姊提議，勾著陳書華的臂膀就要在餐桌旁坐下。

「哪裡等都好，人家也不是小孩了。」榮叔又露出狡黠的笑顏。

「榮叔！說說看這次的選舉嘛！」二姊對榮叔使眼色，又扯了扯陳書華的手臂：「你看，爸這次遇上一個現任的對手，這種對手不是通常最危險嗎？」

「沒甚麼好談的，選戰早在一年前就結束了。」榮叔揮揮手。

「選戰早就結束了，找你不過是想錦上添花。」那名男孩也這麼說。

「妳就別煩榮叔了。」陳泰鴻端著菜過來，然後轉向陳書華，慈愛地對他偏了下頭：「去喊你大哥，你媽晚點才回來。」

陳書華很樂意承擔這個任務，也總覺得爸爸這麼做是刻意的，雖然陳泰鴻巴不得這個小兒子也能參與政治，但也總是會在這種時候替他解圍，反倒大哥和二姊更為熱衷，而榮叔則老是那副看戲的表情。

「哥，吃飯了。」陳書華往客廳喊了聲，然後在大哥揪住他前溜進書房裡。而他也的確須要回書房放背包，只是花的時間久一點，到了走廊中段，他在一扇門前轉過身，先是閉上眼，再深深吸了口氣，最後才拉開房門，像某種宗教儀式。

雖然鼻子還在吐氣狀態，但一陣香氣還是撲鼻而來，不知道是不是錯覺，雙頰也頓時感到溫暖，這時他又深吸幾口，全身霎時神清氣爽，接著他才睜開眼，讚賞般掃視過房裡的原木雕塑品，木香中混雜著漂流木的流水氣味。

他急切地放下側背包，和門外的他簡直判若兩人。每次都像久別重逢，他摸過細膩的刀紋，比劃日思夜想的構圖，一切都出自他的手，像盲聰者摸著唇語，指尖像在跟過去的自己交流，甚至就是昨天，他的手也在同樣的地方滑過。

只有這樣才能帶給他短暫的安全感，同時這樣的感覺卻也正逐漸遠去。

都是那個男人害的。

陳書華依依不捨地關上門，他曾試過讓自己放肆久一些，但那就會迎來尷尬的局面，雖然家裡的人總會敲門，但他終究也是得開門，這時面對的將會是不解的眼神，而這總是讓人難受的。

他走上陰暗的走廊，走向越來越熱鬧的廚房，他看見二姊從廚房探頭，先是疑惑，然後才又轉回親切的笑臉，他不確定二姊是不是在勉強，因為無論是真是假，都是出於善意的行動。

「開動囉！」看到兩人回來，陳泰鴻才招呼大家舉起碗筷。

「聽說你們系上的那位葉公子要選系學會長？」大哥閒聊似地向陳書華問道：「你有聽說還有誰要選嗎？」

「沒聽說。」陳書華的回話一如往常的簡短。

「你不覺得生氣嗎？聽說他從大一就開始布局了哪！」二姊跟著幫腔，兩個大人則不說話：「葉家都這樣，像螞蟻聞到了糖，哪裡有權力就往哪裡嗅一樣！」

「如果他做得不錯也不能這樣說人家……」陳泰鴻像是要打圓場。

「爸！」大哥和二姊異口同聲。

「你就是人太好才這樣……」大哥嘀咕道。

「為什麼不試一次看看呢？」二姊用手肘抵了下陳書華。

「就是沒興趣。」陳書華拿出千篇一律的回答。

記得有一次陳泰鴻和他這個小兒子一對一談過類似的話題，那時他還抱有一點希望，那次小兒子給了他不一樣的答案，或許也是他心裡真正的答案，他說：「我不想做一個成天被外行人評價的工作。」

那時陳泰鴻說了一個故事，雖然在那之前早已提過許多次，但總沒完整說過一遍，而那天不知為什麼就說全了，大意是這樣的：

在投入政壇前，陳泰鴻是一名市府事務官，那時陳家與其說是政治世家，更應該說是企業家族，在陳泰鴻以前沒有一名家族成員碰過政治，而陳泰鴻也只是因為不想參與家族企業，才選擇報考公務員，打算過一個安定的人生。

但問題就出在一次的政府發包工程。那是一座深山橋梁發包案，而陳泰鴻負責審核這個標案，於是他找上自己的弟弟，也就是接替扛下家族企業的陳助男，他為大哥找了集團內的土木工程顧問，陳泰鴻便向他請教橋梁工程的各種知識，並帶他勘察造橋預計位置。兩人反覆勘查十來回，最終得出結論：就是那裡用不了傳統結構，橋墩和橋面都必須加強，而且會是一筆出奇大的開銷。

因此陳泰鴻回市府立刻報請提高底價，其他人看在陳家面子上並沒給他太多為難。公開招標後，只有一家廠商的設計符合他和顧問研究出來的工法，陳泰鴻雖然把書面資料給了與會人員，但沒做太多解釋，而其他人或許因為他是陳家人，又或者只是單純沒研究，所以也沒提出質疑，因此這小組便以這個標準選擇發包給這家廠商。

沒想到噩夢也正從此處萌芽。

首先是一家廠商對招標案提出質疑，認為市府圖利特定廠商。接著媒體很快查到招標前的底價改動，這把火順勢燒到陳泰鴻身上，也很快有消息爆料陳泰鴻是陳家貴公子，就像精心設計的小說情節，媒體清查陳家企業工程顧問的背景，發現其中某個人曾在那家得標的建商工作過，雖然沒有具體證據，但大眾這時已經有了一個完整的劇情。

很快地，市府的每個人都建立起防火牆，長官和同事紛紛聲稱是陳泰鴻的個人行動，只是出於對陳家的信任和懼怕才睜一隻眼閉一隻眼，沒有人承認看過陳泰鴻發下的說明文件，而有些人為了自保，批上了專家的外衣，反過來對這份文件的內容進行反駁，他們援引國內國外相似地形的橋樑數據，這時就算陳泰鴻想澄清，也沒有人願意相信了。

陳家雖然很快介入這場紛爭，但事已至此也顯得技窮，只能開除這名顧問，但陳泰鴻不想公開和這名顧問做切割，甚至想開記者會力挽狂瀾，陳家動用了各種關係阻撓才沒成真。最後陳泰鴻選擇辭職以示抗議，陳家為了避免風波擴大，讓辭職的消息在媒體消音，所以這則新聞就隨著時間的流逝，慢慢的消失在更多高潮迭起的新聞海裡。

直到有一天，那座橋塌了。

榮叔就是這時候出現的。陳泰鴻辭去事務官後，就隨便在戶政事務所找了個職缺，雖然薪水不差，還有陳家企業固定的營收，但熱情的確是冷卻了，所以榮叔提出那個計畫時，陳泰鴻理所當然地拒絕了。

榮叔提議他參選立委。

對手就是當年對標案提出最強烈質疑的市議員，那時市府基本都被葉家勢力掌控，對方雖然是「葉家軍」，但為了證明長期獨大的政局也能有效制衡，市議會偶而也會上演這樣檢討自家人的戲碼。

「你知道榮叔最後是怎麼說服我的嗎？」陳泰鴻那時看著他的小兒子問。

「你不管政治，政治會來管你？」陳書華滿臉無聊地答道。

「不，你榮叔不會說那麼無聊的話。」陳泰鴻對著他的小兒子咧嘴笑了，雖然在參政之前他就常笑著，但之後的笑容更多添了分年輕的光芒：「他只說，那個人已經跌倒了，我只是順路來問你要不要補一腳。」

陳書華低下頭，顯然不了解大人之間的幽默。

「那時候我笑了，就參了一腳。」陳泰鴻笑著搖搖頭，彷彿又想起當時的情景，但很快又轉為嚴肅：「我不恨那個人，一點都不恨，雖然我後來知道許多人因為許多原因恨著他，那也是為什麼我初次參選就能當選，這也證明你榮叔說的：『那個人已經跌倒了。』我的故事只是火上加油，群眾已經不管對錯了，只要聽見一點風聲，他們就會跟著響應而怒吼，或許他們還是不懂我和顧問的那套造橋理論，他們只是怒吼，然後就舒服了。」

陳泰鴻在這裡停下來，陳書華還是不懂父親從政的理由。

「其實辭職後我便一直在回想那件事，一直都在想，接近到偏執的程度。」陳泰鴻雙眼凝視著一個點，陳書華無法想像慈祥和藹的父親能有這麼深的憂愁，那天記得是傍晚，陳泰鴻背對著路燈，讓兒子望著他的剪影出神：「我錯了，經過那麼久的思考，我確定自己錯了。我沒進行充分溝通，任由其他人仰望著陳家進行揣摩，那件事是可以避免的，在這當中沒有誰對誰是本來就心存惡意的，只是因為我的剛愎自用，最後釀成了悲劇。」

「兒子，那座橋斷了，我也有責任。」突如其來，讓陳書華感到心頭一縮。

「沒有一件工作是不需要被外行人評價的。」這是陳泰鴻下的結論：「確切來說，只要你做一件事，你就是那件事唯一的內行，沒有人知道確切發生了甚麼，或許他們有相關專業，但永遠都只是『相關』，他們看到、聽到的，永遠不會跟你完全相同，這時你必須解釋，反覆地解釋，讓其他人的工作也能順利進行，你必須保證不會出差錯，必須保證出差錯時別人不會想到你……這不是消極的事，也不是甚麼手腕之類的東西，我花了許多年才理解，這是因為你活在這世上，活在人與人之間，就必須盡到的基本義務。」

陳書華慢慢理解，父親是要說明「外行人評價」這件事。雖然內心反抗著，雖然想假裝無聊地打呵欠，但是他內心的某個東西鬆動了，而且正惱人地輕輕晃動著，等待整體的分崩離析。

「我知道你喜歡藝術。」陳泰鴻像卸下了重物，稍稍鬆弛下來，四處看了看書房裡的木雕作品：「很多人說藝術沒辦法量化，但不代表他們不會評價，身為陳家人，某些時候賺了，某些時候得還。」

「我找的顧問居然是建商的前職員，覺得是個巧合吧？」陳泰鴻似乎不是因為兒子沒反應才撐起話題，而是本來就想繼續說：「其實那是你榮叔做的，後來我才知道，那次標案完全在他的掌握之中。」

不是恰巧顧問是建商的前職員，而是榮叔因為顧問而去找了那家廠商，打聽出顧問做的報告，慫恿那家廠商依報告內容投標，最後來個反爆料，為的是打擊市府內的某名高官。陳書華想著這段話，惱人的晃動停了，取而代之的是疑惑。

「不管喜不喜歡，我覺得那都是很好的體驗，學習怎麼去說服一群人，這時你會拋開陳家人的身分，別人把你當成徹徹底底的一個人，你的身世不會讓他們感到恐懼或壓力，或許還會引起他們的戰鬥欲。」陳泰鴻淺淺地笑了笑。

父子兩人在冷藍光暈下對坐著，陳書華一句話也沒說，只是摸著身旁木雕老鷹的頭，陳泰鴻的身體內彷彿有個時鐘響了，一下站了起來，上前拍拍小兒子的肩，說著：「你再想想吧！」便走了出去。

之後又發生了某件事，使陳泰鴻再也沒問過陳書華思考後的那個答案。

「之後又要開始忙啦！」像忽然靜音的影片又被打開一樣，四周傳來一家人吃晚飯的喧鬧聲響，陳書華望向聲音來源，看到二姊邊挾著菜邊開心地笑著，這才想到自己手上也捧著飯，便尷尬地扒了一口。

「多吃點。」大哥在旁邊用手肘頂了他一下。

「選舉早就結束了，之後的過程就像把劍從石頭裡拔出來一樣簡單。」榮叔搖搖頭：「妳爸一點也不忙，或許帶你們到郊區四處玩玩，票數還會再增加點。」

「這段時間那麼無聊，書華要不要試試看？」二姊把飯桌的目光導引向他。

突如其來的話語，榮叔只是悶坑一聲，便又挾了一口菜，大哥對二姊使了個眼色，但理解這個意思的不會有第三人，而二姊彷彿可以讀懂似地回了個眼神，陳泰鴻尷尬地直起身子，似乎不確定該挾菜還是該扒一口飯。

「我參選。」陳書華不知怎地就說出了這句話，自己也不知道為什麼，在說話的同時他自己也震懾住了，彷彿聲音不是來自己的嘴巴，而是身旁的某個人，又或者是被某個神靈附體，就這麼說了出口。

「欸？」其他三人驚訝地瞪著他的臉，除了榮叔以外，他還是那副看戲的表情，或許臉上某條肌肉抽動了一下，但外人是很難看出來的。

「我參選。」陳書華又重複了一次，心裡想著反正豁出去了，不知道是哪來的勇氣，好像只要開了頭之後，一切就變得簡單多了，之前思考的問題都不再是問題，他輪流看著一雙雙驚訝的眼睛，說出了或許是這輩子最重要的決定。

事件之章Ⅰ　第二發子彈

首先，那份調查報告根本是堆垃圾！

妳直接來問我的確是個明智的決定，就連那本工作日誌也不要參考，那是重寫過的。能想像嗎？他們天殺的竟然要我把工作日誌重寫！這就好像醫生在病人死後把病歷重新寫過一樣，要是真這樣幹，就等著被告死吧！

故事很簡單，總共有三個人，而且都是同學，這部分工作日誌和調查報告基本都是對的，沒甚麼大問題。就是李明輝、葉世傑，還有張健志，而李明輝是拿槍的那個人，這個稍後再解釋，妳只需要知道他是拿槍的人，然後基本上他是跟整起事件關係最遠的一個。接著是葉世傑還有張健志，葉世傑撲到李明輝身上，張健志站在一旁，然後手槍不知怎地走火，最後張健志死了。

這就是當時大家所理解的情況。

事情很單純，說起來幾乎花不到一分鐘，但是這起事件無論是在當時或十五年後，都造成了巨大影響，妳翻一下資料就可以知道原因，但如果妳不想浪費時間的話，在這裡我願意以事件關係人的身分再說一次。

是因為那把槍。

校園裡面為什麼會有槍，這是第一點。我們當時偵查的時候調閱了學校附近所有的監視錄像，追查李明輝近期的行蹤，歸納出幾個可能交給他槍的嫌疑人，可是不可能有人亮晃晃地直接掏出一把槍，所以我們必須對李明輝循循善誘。

說好聽點是循循善誘，但是我們對這些小毛頭可不這麼幹，而且他們也還處在反抗「循循善誘」的叛逆期。所以我讓一名同仁帶他走進偵訊室，我則在裡面等著，我們都知道，偵訊第一招，開始之前，讓他們分清楚誰是主人誰是客人。

「槍從哪來的？」我一開始就用這種口氣威嚇他。「垃圾桶撿來的。」他就這樣縮著身子回答，他的頭挺大，不過也可能是因為他一直低著頭，讓我給盯大的，看來大概是不願意配合的類型，可是回答得倒是相當快，雖然這也未必是好事。

我說我不相信，槍在黑市的行情我不是不知道，除非這把槍殺過人，不然不會丟在那種地方，他沒有回答，似乎覺得一切都無所謂的樣子，而且態度有種說不出的堅決，就好像是天殺的革命先烈。

我無法理解他那時究竟在想甚麼，到現在也都無法理解。

總之我決定暫時把這些想法放一邊，因為關於這把槍還有另一個疑點。那時我想，如果解決了另一個疑點，或許回過頭來這些問題就都可以解釋了。

第二個疑點，妳看過資料應該也知道了。

李明輝總共開了兩槍，一槍是對空鳴槍，但那時候是在教室內，所以子彈打到了天花板上，鑑識科檢測過那顆彈頭，確定是出自這把槍沒錯，而另一槍打到了張健志身上，鑑識科檢驗後也確定出自同把槍。然而當警方檢查彈匣時，卻發現裡面的子彈都沒有彈頭，也就是俗稱的空包彈。因此李明輝打的那兩槍，很可能是彈匣裡面唯二的兩顆實彈，而張健志很不幸地遇上了一顆。

而我在解釋這件事情時，李明輝的反應顯然有些異常，所以我就問他是不是知道這件事，他點了點頭，一樣沒多說甚麼。但這就奇怪了，彈匣和子彈都沒有指紋，他怎麼會知道裡面是空包彈？這時我對第一個疑點有點頭緒了。

那把槍不可能是從垃圾桶撿來的，肯定是有人交給他。那個人或許跟他說槍裡全是空包彈，甚至怕他不信，自己帶手套把子彈一顆顆從彈匣退出來，只有這樣，才會在知道彈匣全是空包彈的同時，不在彈匣和子彈留下指紋。總不可能他自己怕留下指紋，帶著手套檢查彈匣吧！如果他想到指紋的問題，就不會在光天化日下開槍了。那時我心裡想：如果知道空包彈才開槍，這人或許還有救。

可是不知為什麼，他後來甚麼話都不說了。雖然想救他，他卻拒絕伸出手，我能想到的是那個把槍交給他的人，或許威脅過他甚麼都不能說，但動機是甚麼？有誰會拿一把槍給一個毛小孩用？

我想過許多種可能，最合理的一種是這樣：或許李明輝買了一把槍想逞威風，但是賣的人怕他惹事，所以把彈頭全拿了，但是不知怎地前兩顆混了實彈進去，最後出了事。然而能弄到槍的畢竟都是狠角色，所以他也不敢說出口。

做完偵訊後，我檢視了他的行蹤，監視器的確拍到他從垃圾桶裡撿起一樣物品，雖然沒對上眼，但總有一種感覺，好像他是刻意要表演給那個鏡頭看的。

我強迫自己忘記那些想法，轉向另一個偵訊對象，葉世傑。

葉世傑和李明輝幾乎一樣憂鬱，那時我認為他是把走火的錯怪罪到自己身上，很是心疼他。而他的頭也總是微微低下，但沒有像李明輝那樣只能看到頭頂，而是茫然地盯著桌緣。在偵訊開始之前，我決定先對他做心理輔導：「如果你沒有撲上去，子彈或許還是會打到某個人的身上，而你的行為降低了這機率，但這就是機率，有時還是會走向那條近乎不可能的分支上。」

我是這麼跟他說的，他沒任何反應，我只好開始例行性的問話。比如說「你是案件的目擊者吧？」或者「案發當時，有發現甚麼不尋常嗎？」這些早就知道答案的問題，雖然他沒抬起頭，但那時真的覺得他連頭髮都在鄙視我，可是我實在不知道應該問甚麼了。

接著我發現他不動了，其實他本來就沒太大的動作，只是忽然連自然的細微運動都消失了，好像呼吸瞬間停止，心臟也停止跳動。或許有人懷疑警察為什麼可以察覺到這些，但我相信「刑警的直覺」是存在的。

至少我認為自己具備這樣的直覺，而直覺告訴我，他有話要說。

我等了一下，他正囁嚅一些細碎語句，起初完全沒聲音，接著漸漸聽見一點聲響，然後才稍微能分辨內容：「第二發子彈……第二發……第二發子彈……」

我試著引導他：「聽你說第二發子彈，第二發子彈怎麼了嗎？」

「第一發子彈……」他很快接過話，但根本性地改變了內容，而且之後又停頓好一會兒，我知道他沒下定決心，想藉此爭取多點時間，所以我等他繼續接下去：「第一槍不是對空鳴槍嗎？而第二槍……第二槍打死了健志同學……」

我沒說甚麼，只是用眼神鼓勵他，縱使他從沒抬起頭。

「第一發……第一發……」他歪了下頭，似乎有些困難，這時候能做的就是等，我等他深吸一口氣，等他終於下定決心，最後說出了整起案件最關鍵的一句話：「第一槍好像沒有射出子彈……」

第一槍沒有子彈？那時我整個人傻住了，滿腦子都在想著天花板上的彈頭。如果第一發是空槍，那顆彈頭便是假的……假如他說的是對的，彈頭就是事先打進去的，那又是為什麼？蓄意？還是巧合？

如果是巧合，代表某個人因為某種原因帶著同一把槍到同一間教室打了一槍，這怎麼想都不可能嘛！別說機率低，要不引人注意地在教室開一槍，也是件困難的事。所以說，只能是蓄意的，那又是為什麼？

李明輝知道天花板上的那個假彈頭嗎？以他的態度，暫時是無從得知了。如果知道的話，為什麼不直接給他一顆實彈往上打，如果不知道，布置那顆彈頭的人要怎麼確定李明輝的槍口會朝那個方向？總之，我的腦袋在這裡打結了。

如果有人希望其他人覺得第一發是實彈，那第二發呢？如果李明輝被告知所有子彈都是空包彈，如果第一發真的是偽裝成實彈的空包彈，那對李明輝來說，第二發就是偽裝成空包彈的實彈，這兩者似乎有某種關聯，我卻還看不明白。

瞎想也沒用，所以我打電話給負責的鑑識人員，沒想到劈頭就是一頓罵：「不是說天花板的槍孔有很多紙屑嗎？結果你們理都不理，現在搞不明白才問！」

我那時一點都不明白他在說甚麼，只能問：「有紙屑是甚麼意思呢？」

沒想到這句話又惹火他，朝著話筒一串吼：「天花板總不可能表面是木頭，到中間忽然就變成紙屑吧！所以代表是人為塞進去的，但為什麼呢？我想你們大概不懂，不然也不會一副不要緊的樣子。首先，沒有人會打一顆子彈後把子彈挖出來，接著塞一堆紙屑進去，最有可能的就是打子彈的時候就連著紙屑打進去了，這代表甚麼？代表有人半夜拿槍去打了一個孔，然後為了消音在中間墊了本書！」

正當我在消化這麼龐大的資訊時，電話那頭傳來幽幽的一句：「那你們是怎麼知道的？」我告訴他葉世傑的證詞，對方忽然安靜下來，這段沉默就像根球棍，在我後腦重重敲了一記，有個想法一下蹦出來：為什麼他知道第一槍沒有射出子彈？

「或許可以透過方位來辨別吧！」電話那頭又傳來聲響，彷彿在和我的內心對話，讓我嚇得顫一下，不過很快地，又靜下心來聽他分析：「唯一可以分辨的方式，就是透過火藥爆炸聲和子彈擊中天花板的聲音來辨別，可是這兩個聲音的時間間隔非常短，一般來說人耳無法分辨。不過因為空間的位置在方位角上有顯著的差別，所以或許可以這樣區別。」

聽了他的話我就放心了，而且如果兩個聲音不能分辨，葉世傑當下就只會聽見一個聲音，因為這樣懷疑沒有子彈射出來，也是很合理的吧！最後和結果相符或許終究只是巧合……那孩子總一副犯錯的眼神，我實在不想去懷疑他了。

不過問題終究沒解決，既然鑑識那邊也無法再探聽出甚麼，所以就回家了。

不知道妳有沒有這種感覺，人生當中有幾幕是永遠忘不了的，而且記憶會深入到每個細節，那天就是這樣，但不是因為謎團，而是回家後看到的那則新聞。

那時候的市長是葉誠彰，當年因為打擊黑道不力而為人詬病，又時值市長選舉，對手陳泰鴻的聲望便日益高漲，再加上這次的槍枝走火，許多親近陳家的媒體便把責任歸給葉誠彰對黑道的軟弱，使得黑槍流竄才釀成悲劇。

而親近葉家的媒體則把炮火導向中央，認為黑槍流竄是刑事局不認真查緝的結果，雖然名嘴振振有詞地反擊，但不知道哪時候做的民調顯示，民眾普遍認為這次的事件要由市長負責，畢竟那陣子總統的聲望還不錯。

那天當我回到家打開電視時，這一串討論已經接近尾聲，彷彿在眾多人對抗之下已經把這次的事件定調了，任何努力都已經沒用了，就好像大石塊終於失去平衡而滾下山崖，再多的論述也不會再引起任何人的興趣。

當然後來的發展或許妳也猜到了，葉世傑就是那位市長葉誠彰的兒子，就像是三流小說才會有的情節，妳彷彿可以看見葉誠彰的民調一點一點地回升，雖然不知道怎麼回事，但民調總是不會讓妳失望。

讓我難忘的就是那場記者會。

那場記者會開在半夜，我那時還懷疑為什麼要在這種夜深人靜的時候，後來才知道，他們是想趕在早報截稿前奮力一搏，因為一旦上班族看了早報，一切就真的定調了，再多的努力和辯解都沒用了。

該怎麼說呢？現在很難表現出當時的驚訝，因為現在都知道那是父子了，但當時我可是連現任市長的名字也不知道呢！看政論節目時，也總是以候選人A、B帶過去，就好像看電影不會特別去記名字。而且就算知道他姓葉又怎樣呢？我不是特別同情葉誠彰，所以也不會有「啊！如果葉世傑是他的兒子就好了啊！」的想法出現，而且就算這樣又如何？在那之前也不曉得這到底能改變甚麼。

總之看到憔悴的葉世傑走出來時，我驚訝中是帶點憤怒的，那時第一個想法是：「候選人A想幹甚麼呢？居然拖著案件當事人出來開記者會。」當時葉世傑給我的感覺就是這樣，他是被逼的，他一點都不想出席。

「抱歉，過這麼久才向大家說明。」發言人難掩興奮卻強裝凝重地說著，這就是記者會的第一句話，這麼多年來我還清楚記得這句話，要是你們翻找過去的影像，這句話肯定一字不差，連表情也是一樣。

接著他說明葉誠彰沒出面的原因，旁邊就坐著父子倆，這時我才想到稍早的新聞的確提到記者一直找不到葉誠彰的情況。他的手就搭在葉世傑肩膀上，那時我認為是出於政客的偽善，在發言人終於提到這兩人的關係時，這種印象還是一直無法糾正過來，發言人提到葉誠彰是等調查告一段落，心情略為平復後才安排了這場記者會，葉誠彰聽到這裡向大家微微鞠躬。整場記者會鎂光燈閃不停，依稀反映出平面媒體在截稿前的焦躁情緒。

總之在第二天，情勢完全逆轉了，葉家父子憔悴的身影佔據各家頭版版面。葉誠彰自始自終沒說任何一句話，成功營造出受害者的形象，發言人對案件的描述也沒有逾越調查單位的底線，不過已經足以把葉世傑和「英雄」這個詞畫上等號，因此評論的風向轉為譴責那些「趁人之危」的政客，並且又透過葉世傑的果敢，回憶起葉誠彰過去向黑道宣戰的身影。

妳彷彿可以看見葉誠彰的民調一點一點回升，現在他們給了妳理由，民調從來沒讓任何人失望過。這本來應該是屬於大人間的鬧劇，本來應該是如此的，沒有人想過那些孩子，那些孩子是……

唉！我開始胡言亂語了，我想最好休息一下。

為了調查李明輝的動機，我決定和其他員警一起到他們就讀的系上查訪。一般來說，這種駭人聽聞的殺人事件，只要隨便寫個壓力大啊！或者不見容於社會之類的理由就好。反正沒有人會特別關心理由，就算是無所不在的輿論也一樣。甚至如果我們耗費精力去查動機的話，還會被人說是拖時間，對社會大眾來說，殺人就是殺人，沒有甚麼好動機或不動機的。

不過我希望李明輝是沒有殺意的，而且也隱隱有這個感覺。

除了調查動機外，進行校園查訪其實還有一個潛在理由，就是那把槍的線索。妳一定覺得驚訝吧！為什麼槍的線索要往學校查呢？不過妳也聽到我剛剛說的，其他正規的方法根本行不通，所以也只好這麼做了。

對了，一把槍是很貴的，妳身為警察應該也知道。當時我們也往金錢這方面調查過，但是一樣沒甚麼結果，李明輝沒甚麼可以「搞錢」的地方，父母的錢也沒被偷，這就更奇怪了，代表這把槍可能伴隨著某個交換條件。

這個交換條件他的父母不知道，同學或許會有一些線索。

但是才問不到幾分鐘，就可以知道這條路也是死胡同了，因為答案不外乎：

「我跟這個人不熟耶！」

「其實我也是看報導之後才知道班上有這個人……」

「去系辦問過了嗎？說不定他那天只是來旁聽而已……」

我很確定李明輝就在這系上。這一切忽然變得像奇幻小說裡的情節，尤其到後來，學生看見我便紛紛走避，或是低頭裝忙，就算碰上了也是揮揮手便躲開，彷彿李明輝在班級裡是古老的禁忌，大家連提都不願意提。

我就一個人孤零零地站在教室中央，看著大家小心提防著我，又努力對我視而不見。轉著身子環視一周，就好像魔法一樣，視線所及的範圍，每個人都低著頭在做自己的事，除了一個人，她不僅沒低頭，還望著我。

那名女學生看著我，同情地搖搖頭，然後走過來。她看看四周，無奈地嘆口氣，才抬起頭望著我說：「既然沒有人想當壞人，那就讓我犧牲一下吧！」

她的眼神就像要往我心裡鑽一樣，讓我一時沒反應過來，只能對她愣著看。

她沒發現我的失神，語氣自然地接續著剛才的話：「我們的確是他的同學，你來對了地方，只是問錯了人。我能給你個提示，在這個班上，只有一個人了解他，可是如果說出來的話，可能會產生一些無法預期的後果。」

我一點也不明白，只能試探地問：「譬如說？」

她瞪了我一眼，彷彿我是全世界最笨的人，在她解釋時我只能拼命點頭：「如果現在跟那個人扯上任何關係，警察一定會懷疑吧！就算不懷疑，也會追問個沒完，所以誰也不想當那個親口告訴警察的人。」

我記得自己是點了頭，然後帶點懷疑的語氣問：「所以妳現在是想告訴我？」

「不是想不想的問題。」她很快咕噥一句話，我猜大概是這個意思，接著她抬起頭，直視著我的眼睛，這次是用比較清楚的聲音說：「如果我告訴你，全班只有一個人會跟他說話，你猜得出那是誰嗎？」

「誰？」這就是我當下的第一個反應，連考慮都沒考慮一下。

女學生露出明顯洩氣的眼神，頭偏向一邊，不過又很快回過頭問了另一個問題：「走火事件發生的那天，你還記得是誰坐在他旁邊嗎？」

「誰？」這次也一樣，我直接問出口。

少女又露出洩氣的眼神，我記得她是先吐了吐舌頭後才說：「你真的是警察嗎？」

在我恍惚之間，她又嘆了一口氣後才說道：「本來以為我也可以不用當壞人的……」最後，她大概是先祈禱過了，才說出了那個名字。

她說的那個名字，正是葉世傑。

這下我終於明白了，這只需要簡單的推理就可以得到答案。當天葉世傑就坐在李明輝旁邊，所以才能及時阻止他。而且不需要推理，案發後的證詞已經提供了答案：當天李明輝坐在講堂後排最右邊的位置，葉世傑坐在他的左手邊，張健志則坐在李明輝正前方。至於為什麼李明輝和葉世傑相鄰而坐呢？眼前的女孩已經給了答案，這並不是偶然。

全班只有葉世傑和李明輝說過話，其他人對李明輝一無所知。

至於為什麼大家閉口不談，答案其實也很明顯，可是最明顯的答案未必是真相，所以我當時不敢妄下定論，先詢問了女學生的意見，畢竟，她現在是唯一能提供線索的人了。

然而女孩這時卻一副仁至義盡的樣子說：「為什麼不直接去問他們兩個人呢？」

我也是這時才想到……對啊！為什麼打從一開始就沒見到那兩人呢？我又四處看了看，的確不在。會不會是受到事件刺激而不想上課呢？這就是大問題了，這時我一邊想著，一邊往廁所走去。

可是就要走進門口時，我聽見裡頭傳來窸窣的聲響，於是本能地停了下來。

「你是不是想害死我……」是一個極度壓抑的聲音，像快要炸開來。

「我不知道，我那時候可是殺了人哪……」另一個聲音似乎夾雜著啜泣。

「因為殺了人，所以害死人也無所謂了嗎？」前一個人用可怕的聲音說著。

「求求你……」聽到這個悲慘的聲音，我考慮著要不要衝進去。

「我才求求你！你知不知道我……」話說到一半打住，因為說話的人已經走到了門口，剛好和準備進去的我碰個正著。

葉世傑動也不動地看著我，李明輝在背後，因為煞不住而撞了上去。

就在那一刻，我盯著他的雙眼，之前對他的同情、憐愛和信任忽然都消失了，我看到那瞬間的市儈、狡詐、陰狠還有浪潮襲來般的驚訝神色。他的臉一下變得扭曲，像川劇變臉時一下轉換不過來的尷尬停格。

妳或許會告訴我，請等一等，稍微冷靜一下。這一切或許只是錯覺，剛剛聽到的話或許有另一層涵義，或許他害怕李明輝誣陷，才會有這樣的反應……但是我越等、越冷靜，卻反而更確定自己的直覺是對的。

首先，李明輝的證詞並沒有任何不利葉世傑的地方，反而不斷把罪責往自己身上攬，只不過在彈匣的問題上出差錯，讓我懷疑有另一個人參與犯案而已。

所以會威脅到的，也只有另一個參與犯案的人，看來就是葉世傑。

現在回到第二發子彈的推理，在得知只有第二發換成實彈時，我心裡確實閃過一個想法，不過當時因為情感因素選擇否認而已，而真相或許就是如此。

這個謎題之所以走入死胡同，是因為我們一直以後膛槍的思維來思考問題，不過這卻是以前膛槍為靈感所設的詭計。或許年輕一輩不曉得甚麼是前膛槍，我就稍微說明一下吧！

前膛槍，顧名思義就是從前面裝子彈和火藥，或許妳曾經在電影裡見過，有一部我很喜歡的電影《頂尖對決》就用了前膛槍來設計一場魔術，這次大概又出現了一個類似的戲法了。

而後膛槍的子彈是從後面裝填進去的，這不難理解，看看自動手槍的彈匣或是左輪手槍的輪盤就十分明白了。

或許妳已經猜到解答了，但還是容許我說完吧！

李明輝持有的是後膛槍，這件事實是確立的。之前也說過，那把手槍很可能本來全都是空包彈，只是第二發混入了實彈。一把手槍要置人於死，除了槍身外，還必須有火藥和彈頭。這次案件的槍體是正常的，而空包彈雖然無法提供彈頭，卻裝填充分火藥。就結果來說，第一顆彈頭就邏輯上來說應該是假造的，第二顆彈頭確實打進了張健志身體裡，而且可以排除假造的可能，之前說或許是意外，但這樣第一顆彈頭又無法自圓其說，而且這也不是唯一可能。

如果第二顆彈頭是蓄意被掉包的，如果某個人真的想用這顆實彈達成某個目的，為什麼是第二顆？難保李明輝第一槍不是拿來試槍，難保他第二天往上打的那槍就浪費了這顆實彈，要換，也不會只有第二顆，而是第二顆之後全換成實彈。

要確保唯一的實彈能發揮效果，就不會是去動彈匣。

而是遵循前膛槍的原理，等到確立目標後才塞入彈頭，這樣才能一槍斃命。只要從槍口塞入金屬物體，火藥提供的能量就可以推動彈頭前進，讓原本無害的空包彈成為能致人於死的實彈。

能這麼做的，只有葉世傑。

當時能碰到槍枝的只有三個人：李明輝、葉世傑和張健志。李明輝雙手都被壓住，張健志則愣在一旁，根據目擊者的證詞也可以證明他的手沒碰過槍。而葉世傑，雖然雙手都壓在李明輝的手腕上，但只要透過適當的工具，再加上手指的巧勁，一樣可以把彈頭送入槍管裡面。雖然不敢說百分之百，但我想這很可能是唯一的解釋了。

接下來就是同學的反應。如果葉世傑只是單純的大學生，其他人根本不需要害怕他會因為李明輝而被懷疑，那為什麼每個人又都諱莫如深呢？最可能的解釋就是，葉世傑的確有殺人的動機。

很快就知道答案了，當他們回去上課，我又只能四處閒晃時，瞥見兩幅巨大的競選海報，其中一幅的參選人是葉世傑和蘇伯達，另一幅是陳書華和張健志，而不知道是否是錯覺，葉世傑和張健志看來像隔著海報激烈地對視著。

而推理只是偵查的節點，不是結束，所以在那次探訪後，我決定再對葉世傑進行一次偵訊，原本希望再次推翻我的論點，沒想到只是更加深先前的直覺。

他彷彿像推理小說裡的無辜路人終於被揭穿那樣，不再扮演馴良的角色，而是老奸巨猾地擠著眼跟你要證據，角色的臉會一下變得扭曲，就像川劇變臉時一下轉換不過來的尷尬停格。

他一直一副無關緊要的樣子，只有在我厲聲問他「人是不是你殺的？」時反應比較激烈而已，不過我懷疑他只是被嚇到而已，而且他也的確沒有親手殺人。

我記得他那時喃喃說了一句：「愚蠢，你的思維不能只停留在冷氣房裡。」

就像先前說的，在人生當中，總會有幾幕場景是讓我們難以忘懷的，像電影和戲劇總有幾個經典橋段一樣，而在這段記憶中，那會是最後一幕。

偵訊結束後，他起身離開，走到門邊卻停下來，我忽然又燃起一絲希望，但過了很久之後，他只是側過臉幽幽說著：「之後可能都會請律師代為回答，如果沒意外，下次見面會是在法院……不過更可能的是，永遠不會再見面了。」

他或許相信自己不會被起訴，但對我來說，審判早在某個時刻就已經結束。

從那天起，我發了狂似的反覆審視這件案子的資料，我承認，到目前所做的一切都只是推理，必須找到某個關鍵證據，在法庭上才有勝算，甚至現在根本還沒辦法過檢察官這關……然後，我想到那間教室遺留的第二顆彈頭。

別認為我是瘋了，我知道那本工作日誌沒寫，因為那本日誌天殺的就是假的！為什麼會有第二顆彈頭？那得從第一顆彈頭來想，現在知道兇手是葉世傑了，那就把先前李明輝那條線遇到的疑點順一遍。

指紋、第二發子彈的問題都可以解釋了，至於槍的來源……一直有傳言說，葉世傑的父親葉誠彰之所以打擊黑道不力，是因為本身就和黑道有掛勾，姑且不論傳言是不是真的，槍的來源都不是最要緊的問題。重點是天花板上的那個彈孔，為什麼要偽裝一個彈孔在那邊？還有李明輝知道有這麼一個彈孔在那邊嗎？現在已經抓到葉世傑的動機了，再來就是李明輝的動機。

為什麼李明輝要幫葉世傑？我們查過他的金錢流向，記得嗎？因為他沒有大筆支出，所以才斷定這把槍不是用買的，同樣的，沒有大筆支出就代表，這個人或許能被金錢收買，但也沒辦法為了錢做太嚴重的事。比如說殺一個人。

如果要他幫忙，就必須說服他這一切都只是小事而已，我想把整個彈匣換成空包彈就是出於這個原因。妳也有看過那些第一次碰槍的人吧！雖然表面上裝作興奮或無所謂，但心裡通常是很凝重的，甚至有些人會不安地直發抖。

所以就算告訴他目的不是殺人，為了避免出差錯，雙方都會同意應該把彈匣換成空包彈。但是之後呢？葉世傑要他做甚麼？就算是空包彈，要人開槍也太莫名其妙了吧！而且看到那張競選海報，又回想起當時的座位圖時，我忽然有個想法……當天葉世傑就坐在李明輝旁邊，所以才能及時阻止他。如果，那個理由是要葉世傑阻止他，那一切就說得通了。

之前說過，天花板的偽造彈孔要起作用，必須要確定李明輝會射往那個方向。而葉世傑的說詞肯定是如此：空包彈無法讓他成為真正的英雄，所以必須把空包彈偽裝成實彈，這樣才能把李明輝的槍口引導到對的方向。

至於第二發子彈，我們事後檢測過那把槍的扳機磅數，以那樣的數值，很難有走火的可能，因此既然子彈被打出來了，代表一定是有人扣下了扳機。

然而，要說服李明輝殺人實在太難，如果真的可以，那也不需要這麼複雜的計畫了，所以結論是李明輝不可能下殺手。這樣一來，扣下扳機的會是葉世傑嗎？李明輝不會被收買去殺人，難道就願意背下不屬於他的殺人罪？如果李明輝願意這麼做的話，照先前的邏輯，這個計畫也不需要這麼複雜，只要隨便找個暗處開槍，再把罪名推給他就好了。

可是我們眼下又有一個顯而易見的事實：扣下扳機的必須是李明輝或葉世傑，而且他們知道誰扣下了扳機……這導致了唯一的結論：李明輝的確扣下了扳機，但那是沒有殺意的。問題是，為什麼要扣下扳機？

這時候，就必須引進一個假設：第二個假造彈孔。

先前推論，李明輝開槍的邏輯是對準假造的彈孔，所以李明輝會主動扣下扳機，可能的原因應該也是知道第二個假彈孔的存在，至於為什麼會在那種情況下扣扳機，必須回頭審視整起案件的另一個不尋常：充滿空包彈的彈匣。

為什麼全都是空包彈？葉世傑既然說要用空包彈偽裝實彈，最後就應該還要有一個工作，就是拿實彈的彈匣進行調包。至於為什麼沒有這麼做，等一下再做解釋，重點是如何調包？第一聲槍響後幾乎清空了教室內的所有人，除了張健志之外。這就成了一個問題，因為調包可能就是利用這個空檔，但這時有一個人還沒離開現場，所以李明輝一急之下，可能為了嚇唬張健志，就對他開槍。我無法猜測葉世傑是利用甚麼話術保證這件事情準確發生，但這的確是可行的。

而這個推論就衍伸出兩個重要的偵查方向：第二個彈孔，還有實彈彈匣。

那個彈匣或許在案發後就立刻處理掉了，所以從案發到那個時候已經很難再追蹤證據的足跡。而且很可能也沒有那個彈匣，剛剛提到說為什麼沒有換？其中一個原因是來不及，另一個原因，可能葉世傑根本就沒打算換。

雖然換彈匣可以補全故事，但對於他的目的來說，這一步是根本沒必要的，而且要這麼做就代表他必須持有一個實彈彈匣，反而會增加曝露的風險。而且，如果讓彈匣裡面充滿空包彈，可以讓法官得到沒有殺意的心證，這樣李明輝要承擔的罪刑也會減少，再加上他是主動扣下扳機的，心理上就會比較願意背下這個罪責，葉世傑曝光的機率又能大大減低了。

所以剩下的就是那個彈孔。現場在案發後就立刻被封鎖了，一直到那個時候都還不准外人進入，搜查人員要進入也都是一組一組，這種情況下很難湮滅證據，所以如果彈孔的確存在的話，就應該還在那裡。

雖然抱持著這種自信回現場搜查，彈孔卻無論如何都找不到。那天因為疲憊而癱坐在教室時，腦中忽然浮現葉世傑說的那句話：「思維不能只停留在冷氣房裡。」但我那時還不了解這句話的意義。

「再這樣下去，無論如何都無法起訴葉世傑。」承辦檢察官對我說了這樣的話。

在這種時候，才終於體會到政治小說的那種無力感，以前總覺得不可能，畢竟現實中反而是政治人物看來可憐多了，那種獨立於司法體系外的家族，終究只是傳說而已。但是，現在眼前不就是……這時，我忽然靈光一閃。

的確，眼前就擺著這麼一個獨立於司法體系外的家族，但也不是無能為力，因為還有法律以外的武器可以懲罰他們，而這早在憲法草創之時就已昭告天下。

於是，那天我失眠了，整晚都在整理工作日誌。第二天，我把整理內容投稿給立場傾向陳家的報社，寄出信的手整天都在發抖，彷彿可以看見葉誠彰的民調一點一點回落，雖然還是帶著些許擔心，但民調總是不會讓人失望。

首先是葉家開記者會譴責我們公開偵查內容，但記者對這一點興趣都沒有，他們只想知道是不是真的，如果不是真的，那請說服他們，除此之外都無關緊要。

接下來是陳家，雖然他們語氣沉穩，不過或許是心理作用，我彷彿看見發言人握草稿的手正細細顫抖，像影劇明星在發表得獎感言。他們強調這案子事關人命，希望葉家主動提供證據自清。

雖然葉家沒有因為輿論壓力提供更多證據，不過越來越多人譴責並懷疑他們，檢察官看情勢可為，決定破例起訴葉世傑，這就是我要的效果，至於能不能定罪，那是之後的事了，我只記得那時沉醉在一片歡欣鼓舞的氣氛之中……

但是，結果妳也知道了，葉世傑獲得無罪判決。

檢察官提出的所有針對葉世傑的證據本來就都沒有法律效力，這是我們之前就討論過的，那時誰也不奢望罪名會成立，妳也可以說我們有點孩子氣，明知不可能但還是要往那堵牆撞個幾下。

「還有甚麼話想說的嗎？」這是檢察官在法庭上最後問我的話，其實這不符合常規，因為我只是以證人身分出庭，檢察官應該要問明確的問題、要求明確的答案，就像引導法官看一件證物：這是藍色、這是紅色……而不是去問它有甚麼想法。

所以可以預期辯方提出了抗議，但檢察官只是微微舉起手，謙讓地對法官說：「這題我實在不知道如何問，但這是偶然聽見的一段話，大家不如就先聽聽吧！」

法官決定讓我繼續說，我那時微微對辯方律師得意地撇了下嘴角。

然後我清了清喉嚨，開始一段演說：「我知道法律的大原則是『罪疑唯輕』，也就是說，當證據指向多種可能時，法律傾向採用對被告有利的那個……但是，如果證據指向唯一的可能呢？就像今天的狀況一樣。」

當我說到這裡的時候，我隱隱瞥見辯方律師笑了，我本來以為那只是虛張聲勢，或是刻意表現不以為然的樣子，但是我內心有某個地方鬆動了，導致接下來我只是憑本能快速說著，大意就是希望法官能採信我說的那個「唯一可能」。

接下來，法官只是不置可否地點點頭，接著換辯方律師進行反詰問，對方沒有氣急敗壞地打斷我的演說，反而讓我覺得不安。他只是對法官行個禮，便轉過頭來對我微微一笑，開始問話。

「劉警官剛剛對李明輝先生的犯罪行為學做了精闢的見解，但有一點我不太明白，想進一步請教，一般人在路上撿到一把槍，通常會怎麼做？」

那時我還不明白之後的發展，只是笑著說：「交給警察吧！」

我之所以用這麼輕浮的語氣說話，是為了要讓法官和旁聽席的所有人知道，李明輝不可能是自己撿到那把槍的。

沒想到對方只是不慌不忙地繼續問：「警官認為在垃圾桶可能撿到真槍嗎？」

「不可能。」這是我一直堅信的答案，所以在檢察官來得及抗議前我就回答了。沒想到這卻成為致命的錯誤，那時對方瞬間彎起了嘴角，像盯著獵物般說道：「所以說，難道李明輝先生不會也這麼想嗎？」

我一瞬間沒理解他的意思，但是當他接著說下去時我就明白了：「如果他絕對不會認為那是真槍，那他就不會交給警察，而是將那把槍帶回家。而當他打開彈匣意識到那是真槍時，我想請教劉警官，一般人會有哪些可能反應？」

這時候我終於明白了，按他的論述下去，我的推理就不會是這些證物「唯一可能」的解釋，李明輝或許真的撿到槍，他或許以為那是假槍，只是為了好玩而帶回家，之後拆解開來發現是真槍，或許他害怕了，或許怕惹上事情而把指紋全擦掉又裝了回去，而又或許當他想把槍扔掉時，心中起了邪惡想法，接下來就是我們所看到的那起事件。

這樣一來，所有證據都說得通了。

但這是不對的，雖然他和我的說法都能說通，但我知道我和他有一點不同：那就是我是對的，他是錯的。因為他無法解釋葉世傑的態度轉變，也無法解釋葉世傑和李明輝在廁所說的那些……但這都無法呈到法庭上，我也是知道的。

我傻愣住了，過了許久，才注意到周圍的騷動。

旁聽席爆出熱鬧的竊竊私語與竊笑，雖然不是起立鼓掌或哄堂大笑，但這也足以點醒我遺忘已久的事實：他們還有支持者，而且為數不少，就算只剩幾個百分點，也多過我這輩子能認識的人，更何況那也只是比一半少一些。

法官板著臉敲槌，要大家肅靜。

接著律師自然地提到了那篇投書，他們必須利用審判，藉法官之口，點出那篇投書違反程序正義、藐視法庭、造成全民公審的巨大壓力……旁聽席有記者，這些話必須讓記者帶出去，才算達成今天的目的。

這我早有心理準備，可是不知怎地，經過前面的攻防，原本的心理建設已然瓦解，也沒力氣表現憤怒或哀傷，只是頹然地聽著律師的控訴和法官的告誡。

最後，法官判決葉世傑無罪，李明輝從輕判決五年兩個月的有期徒刑……喔！對，這場審判還有李明輝，他畢竟在眾目睽睽下開了槍。不過以非法持槍和過失致死的情況來看，五年兩個月是最輕的判決。

我望向葉世傑，他始終戴著口罩，看不出表情。我只看到他空洞的眼神，接下來的十五年裡，他就一直維持著這樣的眼神。

我那天踏著醉步回到家，一進門就倒在沙發上，這輩子從沒這麼失意過。打開電視，全都是在說這次的世紀大審，記得遙控器按著按著忽然就掉了，於是我翻個身，仰頭不去看那些畫面，卻無法阻止聲音灌進腦門。

「雖然葉世傑獲無罪判決，但以輕判李明輝一事看來，法庭也認為真兇另有其人，但真兇是誰，大家都不用問，也不需要猜，法官大概也不會做出任何回應……」

有些電視台播著律師那天的說法，折騰這麼久，我終究只說服了一半多一點點的人，但這不是使我沮喪的全部原因，我寧願出門被黑衣人拉到角落圍毆，也不想在一名文質彬彬的律師面前站不住腳。

葉世傑那晚也看了電視嗎？如果是的話，我或許會對他的觀感好一點吧！雖然仍舊不認可這個人，但是想到或許他那晚也正看著電視苦笑，遙控器也是按著按著就掉了，只要這麼想著，就會讓我心裡好過一點。

那年，葉家在市長選舉中落敗，葉世傑就此沉淪，我十五年來沒升職過，贏家似乎只有那個律師，或許還要算上陳泰鴻……最後應該要再加上一些人，那些透過看熱鬧而獲得滿足的群眾。

但對當事者來說，那十五年是漫長又難熬的。

首先因為那次審判，政府的意志定了調，我因此注定無法升遷，就算政黨輪替，「陳家軍」也沒必要管這種小事。事實上我也不是支持陳家，那次不過是各取所需而已，而且我那該死的正義感或許哪天反而會回過頭壞了他們。

所以我就是一枚棄子，被丟在谷底自生自滅。

我也想過乾脆去大樓當個警衛，有些大樓的駐衛警薪水甚至比高階警官還高，許多警察退休了便往那裡跑。不過我還是留下來了，主要是因為人心就是犯賤，就算明知不可能卻總是還想等，於是這十五年便交織著期待與落空，就像輪迴一樣經歷十五次轉世，卻每次都沒有好結果。最後想著想著，慢慢說服自己這樣也挺好，就算不升職也會有年資，至少幫退休金加個零頭，許多優秀人才來當公務員，不也是等著這筆退休金嗎？……那就等到退休吧！

但還是忍不住會想，如果十五年前沒發生那樣的事，人生會不會因此不同。

升職是必須的，要不是因為那件事而被打入冷宮，隨著資歷漸長往上爬，是公家機關的正常現象，也或許是這樣的體制最為人所詬病的地方吧！膽小怕事的人隨著年歲往上爬，冒險犯難的人卻只能原地踏步……那其他呢？

事件正沸騰的時候，的確收過幾封恐嚇信，但我並不怕，甚至驕傲地留下來做紀念，只是再狂熱的政治信徒也會慢慢退燒，那些信就成低潮時的發洩工具。

然後……我還沒結婚。或許有人會說：「單身也沒甚麼不好啊！」、「時代不一樣了。」之類的話，但我是想結婚的，想到這裡就十分痛恨自己，其他人應該也是這麼想的，不過是說著場面話而已。

真正痛苦的，應該是忍不住去在乎那些眼光，就算理性告訴我那是不存在的，但還是會忍不住想像，那些閒言閒語究竟會說些甚麼。好幾次我踏著醉步對路人大吼，只是想假藉醉意，去制止那些清醒時一直揮之不去的聲音。

這時我就會想起那件案子，想著人生會有甚麼其他可能呢？然後想著，便想開始重新調查他，彷彿只要找到那個當年沒找到的關鍵證據，人生就會一帆風順，所有閒言閒語也會跟著消失。

頭幾年還好，因為他還在學校，在校外租了間房，如果換地方，我只要在學校等著，然後默默跟蹤他，就能找到新住處，接著我會在小本子上留個紀錄。

每次都一樣，他過得比我糟，甚至可以說是像個活死人一樣，而且似乎又不大會是裝的，每次看到這樣，心裡那個空洞就被填平了。因此最多盯個兩三天，心裡舒坦了，便回去了。

可是當生活又不順遂了，就又會全身顫抖，咬著牙承受那股想撕裂他的衝動。好幾次我帶著槍到他租屋的大樓前，拇指抵著槍套鎖，瞪視他房間的那扇窗，牙齒在口中劇烈擊打著，過了很久才能壓抑住開槍的衝動。

妳有過心痛的感覺嗎？其實心是不會痛的，那是想吸氣卻吸不了的感覺，整個胸腔就像被鐵籠子給罩住，又像被人壓住了喉頭，大氣也不能喘一下。

這種感覺直到我退休時才不見，不過在擔任駐衛警的閒暇時刻，有一天，一個念頭閃過腦海，那是一個不甘願的聲音，它告訴我必須調查清楚，不管葉世傑是不是兇手，我都不想繼續留著那塊疙瘩在心裡了……沒錯，「葉世傑是兇手」只是個猜測，但我要讓大家知道，這個猜測同時也是事實，刑警的直覺說服不了法官，那就用刑警的毅力證明給他們看！

而且，我那時候有一個新方向，就是槍的提供者，當年我只專注在葉世傑，認為抓緊他就能讓他供認槍的提供者，然而忽略了，提供者也能反過來咬住葉世傑。於是我連夜趕到他租屋的地方，那時他已經住進那間小倉庫了。

我每天坐在對面公園的長凳，偽裝成遊民，徹夜盯著房裡動靜，看他會不會乘著夜色去尋找槍的主人，或槍的主人來拜訪他。不過幾天過去，仍舊一無所獲，想來也合理，那麼多年了，為什麼他還要找槍的提供者呢？

幾個月下來，對他只有更多的憐憫，他的生活極其枯燥且規律：每天凌晨到早餐店打工，解決了早餐，薪水又讓他足以支付午餐和晚餐，後兩餐永遠在同一家店解決，而且別說朋友，一天說話的人根本不超過五個，還包括早餐店的顧客，對客人也只有點頭。唯一的例外，是偶爾會回到大學附近的飲料店，這是第一次跟蹤就發現的，和那裡的老闆才有較長的談話……幾天這樣看著，忽然有點不忍，覺得他跟我是同路人，想上前去拍拍他的肩，跟他做和解……

於是某一天凌晨，我離開了長凳，起身走向那家早餐店。

妳彷彿能聽見命運的齒輪開始轉動的聲音，有時候就是在一念之間，就會讓結果全盤改易，就因為踏出了那一步，沉寂十五年的命運糾葛又頓時運轉了起來，帶來我那時從沒想過的結局。

現在之章I　啞鈴

葉世傑坐在一張簡陋的板凳上，右手舉著啞鈴，腦海還不斷浮現著十五年前的情景，他越是快速地扳動手臂，這些回憶就越加如影隨形，片段、殘缺的影像，就像一柄結實的槌子，一次又一次地重擊著他的心。

「太輕了！」他一把將啞鈴甩到牆角，發出巨大的悶響，樓上和樓下的住戶很有默契地同時捶了下牆壁，天還沒亮，他們大概在賭氣。葉世傑一點也不在意，用領口擦了擦汗，深沉地喘幾口氣。

昏黃的路燈照進這間房，讓這個空間顯得一覽無遺的寒磣，啞鈴落下的牆角，劃著幾道深淺不一的裂痕，路燈透過窗映著水痕，使這個空間古老得不真實。

葉世傑站了起來，如果他將臂膀提起，站在房間中心轉一圈，大概就是在這間房能活動的最大限度了，旋轉時還要將前臂微微屈起，否則一不小心就會碰落東西。雖然不是甚麼貴重的東西，但如果碰落了也是個麻煩。

這是他能在這座城市裡找到的最小一間房，聽說原本是房東存放備用家具的儲藏室，後來因為附近大學擴建宿舍，住戶從學生轉為常住戶，因此不需要再提供家具而空了下來，又剛巧遇上葉世傑那樣的人，便租給了他。

葉世傑看了看擱在牆邊的時鐘，上面的壓克力板只剩下碎裂後殘餘的一角，裸露且泛黃的紙質鐘面勉強還能表明時間。他俯身拎起夾克，便開門往外走，出了門也沒把門上鎖，只是把門給輕輕帶上，便走了出去。

這間房出去後是一道狹窄的走廊，鄰門的房客聽他出門了，便開門走出來，怒目瞪視著他，而葉世傑只是漠然地瞥了他一眼，然後毫不在乎地繼續往前走，鄰門也不敢多做些甚麼，只是侷促地轉過身去，假裝在整理落下的鞋子。

「看這樣的眼神，大概殺過幾個人吧！」他曾聽人在背後這麼說。

他不在乎，反而落得輕鬆，這有點像折磨，就像小時候不小心弄出一道小傷口，其實也沒那麼痛，這時候你會按壓它，雖然理性告訴你那可以止血和止痛，但事實上你更享受的是伴隨而來的疼痛，因此總會默默加重力道。

這是為了自己好，葉世傑總在心裡這麼說。

走完狹長的走廊，接著是更晦暗的樓梯，要一直到走出樓下的鐵門，才能迎來路燈的微光，葉世傑把兩隻手插進夾克口袋，在黎明前的黑暗中踽踽獨行著，這條街只有一家店面亮著，似乎是家早餐店。

當然他不可能注意到，這幾天對街公園的長椅上，總躺著一位遊民，遊民總用報紙遮著臉，從縫隙間凝視著他，但葉世傑總是茫然若失地走過，他避開街上的遊民，似乎是避免提醒自己還不夠不幸。

這是為了自己好，葉世傑又在心裡說了一次。

他走向那間唯一亮著的店面，老闆背對著他，蹲在地上盤點著物品，葉世傑的腳步很輕，或許老闆是因為這樣才沒發現，他走到櫃檯站定，輕聲地咳幾聲，原地踏幾步裝成剛到的樣子。老闆抬起頭，卻皺眉，沒一點歡迎的樣子。

「怎麼這麼晚到？」老闆說著又轉過頭去，悉悉窣窣地弄著塑膠袋。

葉世傑沒回答，只是點點頭，其中的意義讓人難以理解。

「算了，問了也是白問……」老闆嘆口氣，站了起來，直了直腰桿：「你先幫我顧店，我等會兒還要去批貨，甚麼時間該做甚麼都懂吧？」

葉世傑點了點頭，因為剛剛也是點頭，這時點頭反而更讓人迷惑了。

老闆抬了抬眉毛，思考了一下，最後也是點頭：「就當你懂吧！我走了。」

「請走好。」葉世傑小聲說這麼一句，便繞進櫃台裡。

老闆只是略略偏過頭，沒再說甚麼，稍停一下便走了出去。

葉世傑脫下夾克，裡面穿的是件短袖薄棉衣，他剛剛出門也只是罩一件夾克而已，雖然太陽還沒出來，但等一下要是忙起來，肯定會汗流浹背，況且葉世傑並不覺得冷，縱使刻意停了藥，他的氣喘也有幾年不發作了。

這樣早的時候不會有客人，葉世傑只是在櫃台邊站著，隨意摸著桌上的東西。不過也是因為預計不會有人，當他聽到一個聲音時禁不住顫了一下。

「還記得我嗎？」一名體格挺結實的中年男子走了過來，雖說是中年，是因為他沒有老年人擁有的那種獨特氣息，但是嚴格來說，他的容貌十分蒼老，步履也略顯蹣跚，頭髮已然灰白。

不同的是眼神，葉世傑一下就看出來了。

「你來這做什麼？」就算軀體如何改變，葉世傑也永遠不會忘記這個人，即使影像能騙過他的眼睛，但只要一開口，那種氣息便不言而喻，不是屬於這蒼老外表的氣息，而是一頭猛虎在等待著獵物。

雖然今天有著些微不同，這葉世傑一下也說不上來。

「還記得啊！」中年男子邊點著頭邊轉過頭去，可是身體靠了過來，把手扶托在櫃台上，指頭在金屬板上輕扣了幾下，過許久才又開口：「沒想到你把大學讀完了，做的工作卻和大學生沒兩樣啊！」

「現在是全職，工讀生是兼職，就這點不一樣。」葉世傑啪一聲把菜單擺到他面前，在寂靜的街道中，這已經是不得了的聲響。

「為什麼不開一家加盟店？」男子在菜單上隨意勾了幾個，便推了回去。

葉世傑只是冷漠地把菜單收回去，沒回答一句話。

「沒辦法嗎？」男子試探地又問。

「還需要甚麼嗎？」葉世傑刻意加重語氣：「警官？」

「我已經不是警官了。」男子淡淡地說著，然後仔細觀察葉世傑的反應。

葉世傑低頭對著菜單，剛聽見時頓了一下，不過很快又忙起來，似乎不想答腔，也不想聽男子要說的話。他只是拿起鍋鏟，在漸熱的鐵板上刮出粗糙的聲響。

「不問為什麼嗎？」男子看著他，葉世傑仍舊低頭不語，他只能無奈地笑笑：「十五年來從沒升職過，未來也沒希望，既然薪水沒有增加，就找了可退休的機會，另外找個兼職搭著退休金養老……」

「要加辣嗎？」葉世傑面無表情地倒下蛋液，把鐵板弄得滋滋作響。

「的確想加啊！」男子忽然又有感而發，似乎本來想要說一段很長的故事，不過最後只是搖搖頭：「可是老了，想吃也不能吃了……」

「五十多歲算老嗎？」葉世傑用空洞的聲音說著，像在自言自語。

「老了，托你的福，老了。」男子緩緩搖幾下頭，但話音裡沒責備的意思。

「你是老了。」葉世傑俐落地把蛋餅鏟到盤裡，撒了點胡椒鹽，便放上了櫃檯，雖然略略抬起頭，可是視線仍是沒高過櫃台，眼珠隱約在髮間閃動，一個幽幽的聲音流洩而出：「二十歲那年，我早就已經死了。」

「一個死人，晚上還堅持寫作啊？」男子從旁邊抽起筷子，對葉世傑的右手比了比：「右手比左手粗大，雖然從短袖沒辦法判斷袖口的磨損，但這也足以構成福爾摩斯最基本的推理了。」

「對了，你還有一杯豆漿。」葉世傑沒回答，只是轉身從冰箱裡拿了一杯豆漿，放到櫃檯上的蛋餅旁：「謝謝光臨。」

男子打趣地看著他的臉，然後嗤地笑了一聲：「猜對了啊！」

「謝謝光臨。」葉世傑面無表情地又重複了一次。

「還是那麼逞強啊！」男子搖了搖頭，端起蛋餅和豆漿便轉身往店內走。

葉世傑輕咳了幾聲。

「怎麼了？」男子轉過頭，一隻腳還抵在玻璃門邊。

「如果常寫作，真的會磨破袖口嗎？」葉世傑雙眼無神地對上他的目光，就在男子恍惚間，葉世傑的嘴角忽然像裂開一樣，延伸出巨大的幅度，在寂靜的空間中爆出怪異的聲響，不過雙眼依舊是無神的，就像被某種邪靈附上身，接著他的雙唇維持著驚悚的弧度，一上一下開合著，吐出下面這段話：「沒想到過了那麼多年，劉警官的推理依舊如此精妙啊！小弟真是深感佩服。」

眼前的景象令人毛骨悚然，劉警官訝異地瞪視著他，手中的圓盤輕輕顫抖著，但是他很快深吸一口氣，轉身走進店內的用餐區，彷彿剛剛發生的一切都只是幻覺，就算忽略也沒甚麼大不了的，反而，選擇忽略才是正常的行為吧！

葉世傑跟在後頭走進用餐區內，劉警官忽然覺得慌亂，不是怕他真的做了甚麼，而是怕他追問為什麼剛剛無視了那段話，還好葉世傑只是走到到電視機前，按了電源鍵，便又走了出去，彷彿剛剛真的甚麼都沒發生過。

不同於一般餐廳，這裡的電視播著的是電影。

雖然電影是從中段開始，也不可能在一頓早餐的時間內看完，但還是很好看，劉警官望著畫面出神，又不時小心地轉過身，偶爾拿起桌上了辣椒罐往後照了照，不過甚麼也看不出來，只能看見亮晃晃的金屬面上映著幾個模糊的黑影。

就算看到了又怎樣，葉世傑總是站著發呆，好像他的生命就只是為了幫人做早餐，一旦客人不出現，他也就沒必要哪怕是移動一點點。

「蛋餅很好吃，謝謝啊！」劉警官終於吃完了走出門口，這時候還沒到上班族買早點的時段，他站在櫃台前，對葉世傑指了指店內，又豎起大拇指，然後站著遲疑了好一會兒，像偶然碰見的鄰居，過了許久才又問：「那些要自己收嗎？」

「我收就可以了。」葉世傑很快地回答，就像鄰居正趕著回家。

「那就謝謝了。」劉警官從皮夾裡倒出幾個零錢，數了數擱在櫃檯上，看著葉世傑的臉，彷彿是永別，硬是又擠出幾個字：「我想，之後都不會再打擾了。」

「謝謝光臨。」葉世傑仍是一臉漠然，讓幾分鐘前的失控像是傳說。

「你就當我自言自語吧！」劉警官手靠在櫃台上，抓了抓臉，望著他曾躺著的那座公園：「我想，每個人都需要一個活下去的理由，這些年我就是靠著你挺過去的，雖然說來也不是甚麼光彩的事，而且也不知道是不是真的挺過去了……或許有一天會後悔，但是既然今天想說就說吧！我要你好好活下去，就這麼簡單，我看得夠多了，也看爽了，至少今天是如此。我過去是靠著你的頹廢支撐自己度過那些難關的，但我今天要你聽我一句話，好好活下去！我不管那該死的案子是不是你做的，但你活下來了，就不要浪費別人讓給你的這口空氣。」

當葉世傑抬起頭時，劉警官已經走了，他望著店外的黑暗，搖了搖頭，然後又愣愣地望著櫃檯下的一個點放空。老闆總要他別這麼做，說會嚇跑客人，所以他又拿起帳本隨意翻著。

他難得又望向店外的虛無，劉警官確實是走了，而且走了很久，街道十分清冷，偶爾看到幾個人在對街跑步而過，還有幾條流浪狗。接著他把思緒轉向時鐘，還要一個小時天才會大亮，那是忙碌的開始，必須再等半小時才能做飯糰和三明治，雖然可以事先做也必須事先做，但不能做太早，否則放得太長，清晨氣溫還沒回暖，要是放涼了，客人和老闆都要罵人。

「給我一盤煎餃。」忽然，一個聲音這麼喊著，葉世傑皺皺眉，不過還是點點頭，以免客人再喊一聲，但心裡也不免埋怨：怎麼今天大家都起得這麼早……

「你是葉世傑吧？」而且為什麼都正好想找他搭話……

葉世傑面無表情，甚至也不帶一點狐疑或火氣，只是默默地抬起頭，好像他抬起頭不是因為剛剛的問話，而是湊巧做了這個動作而已。

「葉世傑？」對方又問了一次，那是一名和葉世傑年紀相仿的男子。

雖然年紀相仿，但比葉世傑多了股朝氣，還比同年齡的男子多了一種難以形容的貴族氣息，不是因為身上的筆挺西裝，西裝反而讓他顯得俗氣，也不是因為梳得整齊的頭髮，這種氣息並沒有格式化的秩序。

而葉世傑也和同齡的男子不同，不過卻是完全相反的方向，他臉上總帶股憂鬱，而且不會因為運動風的短袖夏衣而減輕幾分，反而更赤裸地袒露出來，眼神就像黑洞一樣，隨時等著把人吞噬進去。

葉世傑又低下頭，隨著頭顱落下，頸椎順勢彎了幾下作點頭的樣子。

「不記得我了？」男子熱切地湊上去，朝氣和憂鬱兩個極端相對立著，像黑洞和恆星在拉鋸：「我是書華啊！不記得了嗎？」

「書華……」葉世傑緩慢地抬起頭，分不清是不明白還是恍然大悟。

「如果不是十五年前發生了那樣的事，我想應該是你拿優秀獎吧！」男子像在設謎題一樣吐出這些字句，露出友好的笑容，又試探地湊向前，瞪大眼睛望著他，雙眼充滿著期待：「真的不記得了？」

「陳書華……」葉世傑緩慢地說著，和剛剛一樣的表情。

「原來記得啊！」陳書華不知怎地就笑開來，不過表情又很快轉為嚴肅：「發生這樣的事，真是辛苦你了。」

「十五年了……十五年前每個人都這麼說，沒想到十五年後又是一樣的話。」不知道是不是被陳書華感染，葉世傑忽然顯得比剛剛有生氣多了，雖然談話內容仍舊十分陰鬱：「恐怕這輩子都要帶著這句話活下去了吧！」

「只要走出來就沒事了，看你……」陳書華本來要說些甚麼，可是又就此打住，輕咳幾聲後才接著說：「總之，加油吧！你不也自己開了家早餐店嗎？」

「這不是我的，我只是這裡的員工。」葉世傑的臉色一下又轉為陰鬱。

「呃……為什麼……」陳書華頓了一下，猶疑著該不該說出口，思量之後還是決定說下去：「為什麼不自己開一家呢？」

「為什麼每個人都要問這個問題？」葉世傑抬起頭，空洞的眼神中隱隱可以看見深處的熾火，然而語氣卻像是在討論一個事不關己的社會議題：「如果每個替早餐店做事的人都去開一家早餐店，這世界會成甚麼樣子？」

陳書華愣愣地看著他，一時不知該說些甚麼，葉世傑則有點後悔地低下頭。

「有些事情在旁觀者眼裡總是那麼簡單，不是嗎？」葉世傑低頭喃喃自語，原本要翻開帳本打發時間，可是忽然想到剛剛的點單，便從冰箱裡拿出一盒生餃子，熱了一下鐵板便開始料理。

「對不起。」陳書華小聲地說，在爆油的聲響中顯得更加單薄。

「沒必要說對不起的。」葉世傑拿起水壺燒了點水，蓋上鐵罩讓它悶一陣：「每個人聽了都說對不起，但是他們又哪裡對不起我了？」

陳書華揉了揉鼻子，有些尷尬地盯著蓋住煎餃的鐵罩子。

「或許人們認為我該為自己感到難過，所以才說句對不起，好讓我能躲到牆角痛哭一場吧！」葉世傑拉開鐵罩，蒸氣一下竄了出來，他又添了一點水才又蓋回去，他的臉上沒摻雜過多的個人情感，彷彿只是在跟客人閒話家常。

「我會說對不起，是因為你曾經十分有野心，曾經讓人那麼尊敬……」陳書華盯著鐵罩，斟酌著用詞，不過最後似乎決定直接說出口：「我會覺得抱歉，不僅僅因為你已經三十五歲，更因為你是葉世傑。」

「如果我那麼有野心，那樣受人尊敬，我會說自己寧願這樣的生活。」葉世傑露出可怕的冷笑，這時才看來像在談論自己的事：「我會矯揉造作地說自己甘於卑微，或者說這一點都不卑微，可是卻其實天殺的一點都不想接受這一切！」

又沉默了好一會兒，陳書華緩緩地說：「我知道我無法理解你的痛苦，只能單純依靠想像，雖然想像總是不負責任的，但這不會讓我停止希望，我看過從前的你，而且希望你回到從前那樣……」

忽然一聲巨響。

葉世傑拿起鍋鏟用力敲鐵板，讓陳書華嚇得顫了一下，而葉世傑只是緩緩地把鐵罩提起來，用鍋鏟翻了翻餃子，再用毫無情感的聲音說：「餃子焦了。」

「沒關係，餃子皮要焦才好吃。」陳書華驚魂未定地說。

「那就失禮了。」葉世傑把餃子鏟到一旁的盤子，然後端到櫃檯上。

「謝謝你。」陳書華從旁邊抽起筷子，轉身要進店內前又停了下來，側著身子對葉世傑說：「十五年前，我打敗過你一次，這輩子大概也就只會有那麼一次……我會等著你回來，把屬於你的東西討回去。」

然後他便拉開玻璃門，走進了店內的用餐區，葉世傑轉過頭望著陳書華的背影，他不跟人說話的時候，思緒總是茫然的，可是他現在盯著陳書華的背脊，腦海中第一次飄進了一絲想法：他是甚麼時候變成這樣的呢？那個討厭人群、羞赧又帶點自閉的男孩，居然變成了現在這個樣子。那個人，終究是有不可思議的魔力吧！如果那天不是……

葉世傑又望向街外，右手的拇指摩著食指節，然後為了抑制住顫抖而握緊拳頭，悶沉地在不鏽鋼桌面上敲幾下，回過頭看向店內的陳書華，又倉皇地連忙轉過頭，不過陳書華就只是盯著電視螢幕，一直都沒看往葉世傑的方向。

陳書華的用餐速度似乎比劉警官快多了，一下就拉開了玻璃門走向櫃台，晃著零錢包倒出幾枚銅板，沒和葉世傑有過多的眼神交流，就像普通的客人，然後他把銅板倒扣上櫃檯，看著葉世傑收回去，轉身就要離開。

「加油。」葉世傑久違地第一次主動和人搭話，不過又低下頭，像要假裝方才只是在自言自語：「請連著他的份一起活下去。」

陳書華停下來，手扶在牆上，手指在牆面輕輕點了幾下。

「我知道我沒……」葉世傑抬起頭想再解釋。

「該這麼做的是你。」陳書華沒看向他，只是略略往櫃台的方向偏過頭，然後把扶在牆邊的手收進口袋：「一直都是你……只是你當年沒看清。」

然後陳書華就走了，就算他在這裡停留多久，葉世傑也沒把握自己能回上甚麼，他消化著那句話，又盯著櫃檯下的一個點出了神……然後他又望向黑暗的街道，忽然開始思考這一切都只是幻影的可能，雖然鐵板仍然溫熱。

「別把手放到鐵板上！」回來的老闆訓了一句，摩托車的聲音、老闆巨大的身影就這麼突然地出現在眼前，更讓凌晨的這段時光顯得不真實，但葉世傑沒再多想，只拿了一條乾淨的抹布在剛摸過的地方擦了擦。

隔著抹布，依舊可以感受到鐵板的熱度。

過了不久終於到了上班族購買早餐的時間，葉世傑便機械化地忙碌起來，雖然他總是那副陰陽怪氣的沉悶模樣，但是對於還沒戴上社交面具的人們，反而是種緩衝，雖然也不至於把毫無反應的他當作受氣包，不過至少可以少點顧忌。

而且葉世傑雖然沒有刻意打理，外表畢竟還是討人喜歡的類型，所以也培養了不算少的熟客群，雖然對於那些人的熱情探詢，他也只會點點頭或偶爾發出一點不明就裡的聲音，對於早晨的人們卻也已經足夠。

「你以為我是因為那些女孩子才雇你的嗎？」看到女顧客在天色大亮時漸漸散去後，老闆總會這麼說：「要找帥的小夥子不是沒有，雇你是因為你便宜。」

老闆這麼說大概只是想找話題，而葉世傑也總是一貫的反應，就是沒反應。老闆看了只能搖搖頭，繞出櫃檯去把原本擺著三明治和飯糰的摺疊桌收回來，熟練地抱著桌子側身進到店內，葉世傑彷彿被觸動了開關，也跟著繞出櫃台收拾。

「我收就好。」老闆在店內接過桌子，忽然拍了拍葉世傑的肩。

葉世傑睜圓雙眼看著他，不過眼神裡看不出驚訝，這些年來，彷彿是刻意要減少說話的字數，他漸漸習慣用表情來充作會話，老闆這麼多年也漸漸理解了這些表情語言，比如說剛剛的臉型代表的就是：請問有甚麼事嗎？

「坐。」老闆把手伸向一張矮凳，然後自己在旁邊的一張坐下，等葉世傑坐定後，才把腰桿打直，一臉嚴肅地說：「你有甚麼想做的事嗎？」

葉世傑再度睜圓雙眼，這次是在問：問這個做甚麼？

「我這家早餐店總不能開一輩子。」老闆對他苦笑道，然後手隨意地指了指店內，有些感傷地看向葉世傑：「總有一天我會離開，這家店的老闆總會換……說實在的，這個店面值不少錢呢！足夠我進好一點的養老院。」

「所以我被開除了。」葉世傑只是淡淡地回上一句，起身便要走。

「等等。」老闆連忙喊了聲，臉上堆起了笑容：「別急著走嘛！我都還沒付你這個月的薪水呢！」

「啊！」葉世傑像是這才想起，回過身並站定。

「真拿你沒辦法啊！」老闆說著搖搖頭，走到櫃台，隨手拿了幾張大鈔，又走進店裡找了個信封裝好，才走回來交給他，但在交錢的同時緊握住葉世傑的手，誠摯地說道：「未來的十五年你雖然不用來做事，但記得還來這裡領薪水啊！」

葉世傑又瞪大眼睛，這時他是在問：為什麼？

「反正過去十五年我一直都只給一半的錢，你就當我是在幫你避開所得稅的累進稅率吧！」老闆揮了揮手，又煩躁地伸手示意他坐下：「所以你今天就當最後一天，來這邊陪陪我，跟我說說你之後想做甚麼吧！」

「我可以邊想邊繼續幫你做事。」葉世傑終於開口說。

「就跟你說這家店要關了。」老闆又揮揮手，忽然兩個人都陷入了沉默，老闆尷尬又帶點焦躁地拍著膝蓋，過了許久，才又若無其事地開口說道：「我說，你是葉市長的兒子吧！」

葉世傑抬了抬眉毛，雙眼終於有了比較正常的訝異神色。

「別誤會，這是我早就知道的，也不是想要利用你圖個甚麼，你爸也沒塞錢拜託我，況且一個前市長也管不了這家小早餐店。」老闆雖然說了一長串，卻反倒輕鬆了起來，表情顯得比方才要從容：「你爸啊！市長任內做了這麼多事，肯定沒時間好好關心兒子，看到你這麼廢材我也沒感到意外，所以我是念在市長為我們做這麼多，才背地裡幫他教育你這個不肖子。」

「是嗎？」葉世傑的表情又消失了，恢復原本的木然。

「不是孝順的『孝』，是不像、不成材的那個『肖』。」雖然覺得葉世傑也不會在意，但老闆還是不疾不徐地解釋，然後拍了拍他的肩：「你和父親那麼不像，他的事業雖然成功，你也肯定是他最在乎的遺憾吧！」

葉世傑的拇指和食指又開始交互搓，忽然吸不上氣，胸腔像卡上大石那麼沉重，肋骨像手指掐著般緊縮，大概就是心痛吧！他緊握幾下拳頭，直至指腹陷進掌心，接著悶沉地說：「你那麼喜歡葉市長，難道不明白他兒子發生了甚麼？」

「我只是尊敬市長，又不是跟蹤狂。」老闆笑起來，似乎沒察覺葉世傑的異樣：「你來的那天，是一名老主顧提醒後我才追出去，不記得了嗎？」

「恩，大概知道。」葉世傑忽然又顯得惜字如金。

老闆怕他原本半敞開的話匣子又要收回去，於是趕忙接著說：「我也是在你爸當市長後才知道這個人，在那之前我連票都不願意投，更不可能去關注一個政治人物，我連他本人都不大清楚了，怎麼可能去管他兒子呢……」

「所以……他連做兩任市長前發生的事，你都一無所知嗎？」葉世傑轉頭望向老闆，眼神顯得深沉，像召喚亡靈般壓低聲音繼續說著：「包括他選輸那次？」

「甚麼？」老闆疑惑地想迎向葉世傑的目光。

「十五年前，發生一起槍枝走火事件……」葉世傑像提示又像引言般說道。

「十五年前的走火事件啊！」老闆小聲複述，雖然怕會因此打斷葉世傑，不過也忍不住喃聲念著：「總覺得在哪裡聽過……」

「或許吧！畢竟那在當時也算大事。」葉世傑苦笑著說：「雖然大部分的人只是隨著風潮起舞，當下一股風潮再度出現時，大家又當沒事一樣地忘了這件事，雖然有些人仍舊忘不了，不過也足以讓我爸拿回市長寶座了。」

「等等！」老闆的喊聲打斷了葉世傑醞釀許久的傾吐，葉世傑先是被突如其來的聲音嚇得碰落桌上的調味罐，接著抱怨地瞟了老闆一眼，老闆看著也覺得不好意思，舉著右手微微鞠個躬：「我記起來是在哪裡聽過這事了。」

葉世傑抬了抬眉毛，埋怨稍稍褪去，取而代之的是疑惑。

老闆邊陪著笑臉邊退進店內，還搖了搖手：「可是這太荒唐，怎麼可能有這種事呢？十五年前竟然發生兩起……」隨著他不斷往後退，聲音也漸漸消失。

「或許你會覺得，既然不是同件事，我這麼急著打斷你做甚麼……」老闆再出來時，手裡多了本雜誌，遞到葉世傑面前：「十五年前有個男孩和你碰到了幾乎完全相同的事，而他……總之翻翻看吧！我想，你會獲得一些啟發。」

「十五年前怎麼可能發生兩起……」葉世傑說到一半，隱隱有種預感，於是一把搶過老闆手上的雜誌，激動地快速翻著，不過右手卻因為顫抖而不聽使喚，他用力捶了一下桌面，才讓手部的肌肉稍微安定下來。

老闆附和地彈下響指，也不在意葉世傑的失禮，自顧自地喃喃自語起來：「我也覺得不可能有兩起，那可是槍哪！但這世間就是有這麼巧的事，要說槍就算了，那把槍還偏偏打進了校園……」

如背景音一般，老闆說話的同時，也響起雜誌翻頁的刷刷響聲，當老闆回過神時，葉世傑已經在其中一頁停了下來。

時間彷彿凝結了。如果你從店內往葉世傑望去，就會看見店外的光亮和他形成了一道銳利的剪影。這時候會感到刺眼，接著一段時間什麼都看不見，然後影像又漸漸清晰起來，現在已經接近中午時分，街道一掃清晨的晦暗，頓時明亮得耀眼，但也使陰影顯得更加銳利，店裡店外彷彿成為兩個世界，在外已是日正當中，而店內卻仍停留在黎明前的黑暗。

接著你凝神，再度適應店內的黑暗，會看見葉世傑猙獰的臉，一隻手撐向了桌面，另一隻手抓著雜誌的一邊，沿著虎口，雜誌的頁面慢慢泛起波瀾，他雙眼惡狠狠地瞪視著頁面上那張逐漸扭曲的臉，兩張扭曲的臉正隔空相對。

「怎麼了？」老闆有些擔心地在一旁看著他。

他瞪著的那張臉，是一名正露出親和微笑的企業家，頁面的排版整齊素雅，一行行如細雨般的字點綴在兩旁，但是因為逐漸延伸的皺褶，也漸漸凌亂起來，像海嘯一樣不斷堆高，就要一發不可收拾……

那張臉，像極了十五年前的李明輝。

如果再仔細看，會發現他身旁還站著一名高雅的女人，看那一頭清秀的長髮，不須任何綁線或髮夾，就能維持某種隱形秩序，儘管只是一張相片，也可察覺舉手投足間流露的簡約典雅……那人，正是葉世傑多年不見的蔡詩涵。

第二部　一觸即發

過去之章Ⅱ　詭譎的觀浪師

「現在開始，我說甚麼你就得做甚麼！」張健志滿意地對陳書華微笑，忽然用力拍了下他的背：「首先你走路得抬頭挺胸！人格魅力就是氣魄！氣魄！氣魄！要讓大家聽你說太陽打西邊出來時，都不敢望向東，懂嗎？」

當陳書華終於向張健志說出自己的決定後，他每天就總是這樣歇斯底里地對著他吼，並不時說著：「是你自己選的，懂嗎？等你後悔的時候一定要記得，這一切都是你自己選的，懂？」

陳書華有點後悔了，真不應該因為一股衝動就答應這種事情。

「一定得讓大家知道我的身分嗎？」這是陳書華唯一在意的事，畢竟這幾年一直避免著這種事發生，就是怕麻煩，所以總是能裝傻就裝傻，能低調就低調，因此也躲過了許多可能的紛擾。

讓張健志知道這件事，就是最大的失策，雖然也不知道他是怎麼知道的。

「大家早就知道囉！」張健志一下從剛剛的激情冷卻下來，一臉冷漠地滑著平板，然後遞到陳書華面前：「你難道從來不上網？」

陳書華接過平板，就在眼珠對焦的剎那，幾乎是立刻嚇傻了。

在他所不熟悉的世界，人們正熱切地討論他，張健志一頁頁翻著各大論壇及新聞網，雖然內容差不多，但散布在更多平台就代表更大量且更多元的閱聽眾。標題大概都是：「低調的陳家二代以及你所不知道的事」，或「你不可能沒聽過陳泰鴻，但你知道他兒子……」，看內文，有些網站還挖出葉、陳兩家二代同班的事實，標題就寫著「相較葉家公子的高調……」，有的說「響應陳泰鴻的改革大旗，他的兒子也投入系學會長的選舉……」，他們甚至知道陳書華決定參選！

這時陳書華緩緩抬起頭，彷彿明白了甚麼，他對張健志微微歪了一下頭，正等著他自首，沒想到他只是聳聳肩，蠻不在乎地說著：「我只不過是在論壇寫了篇文章，也沒想過會造成那麼大的反響啊！」

不，他早知道了。不用說出口，兩人就都明白這才是事實，陳泰鴻因為挑戰葉家長期獨大的政治勢力，在選舉之初就成了紅人，甚至早在參選市議員時就被視為未來的政治明星，媒體無不想盡辦法挖掘這個人的消息，群眾也是如此。因此只要有相關文章貼在論壇，又是這麼私領域的部分，很快就會造成極大的討論。媒體也會瘋狂轉載，甚至訪問原作者，得到更多消息，只要不走漏最關鍵的部分，比如說校名，記者就無法從其他地方下手，原作者就等於擁有獨大的話語權。所以眼前這十幾篇新聞，雖然各有深入的點，但其實都出於同一個人之口。

而這個人，就站在他眼前，此刻還對著他指指點點。

陳書華無奈地低頭繼續滑著平板，確認沒有更隱私的事情被寫進去。這時赫然發現幾篇新聞的底端附了相片，而且每個網站附的不盡相同，更重要的是，看來都沒經過入鏡者的同意，而且也確實沒有經過允許，因為陳書華就是被拍的那個人。這樣一來，就好像記者自己實際深入校園採訪，或是跟許多同學蒐集而來的相片，不過想當然爾，來源仍舊是同一個人。

陳書華仔細端詳著相片，他自認不是會被說「帥」的人，比較常聽見的形容是「斯文」，也就是「沒有太性格的打扮和外表」、「不難看」、「不予置評」之類的，或許你會說，電視上那種帥氣的男主播也會被說斯文啊！但比起斯文，更常用到的詞會是「知性」，因為帥氣才是主體，智慧之類的只是附屬性質而已，畢竟第一眼能看到的也只有長相嘛！

而陳書華越是仔細端詳這些相片，越覺得自己往「知性」更接近了些，而且有些網站也用了這個詞，甚至出現「清新脫俗」、「外貌出眾」這類遙遠的詞彙，瞬間有種飄然的感覺……報導越看越多之後，陳書華甚至有點感謝他了。

「我有特別選角度，還有那些記者不知道要寫甚麼，我就提供一點意見。」張健志揮揮手，一副聽膩太多讚美的樣子。

「原來那些新聞真的是你搞的啊！」葉世傑忽然從一個角落出來。

「這次記得錄音了嗎？」張健志一臉無趣地偏著頭看向他。

「我才不需要……」葉世傑很快反駁。

「錄了。」簡翰和這時卻端著電腦從另個角落出來。

「挺聰明的嘛！」張健志對簡翰和讚許地笑笑，然後又丟給葉世傑一個諷刺的笑臉：「不過用錄影可能效果更好，畢竟沒有聲紋辨識軟體也沒辦法證明。」

「這就是你的目的嗎？把學校的選舉連結到市長選舉？」葉世傑沒搭理他。

「或許你沒聽到，是這傢伙自找的。」張健志說著便走過去摟著陳書華的脖子，親暱地揉揉他的頭：「而我老早就打算打倒你，所以就算沒有他，我也能輕鬆取勝，只不過有了這張王牌，民調大概很快就能拉到……五五波吧！」

「以班上的政治取向的確是如此。」簡翰和在一旁附和。

「幹的好！未來出社會我絕對找你當數據分析師。」張健志對他豎起拇指。

「你到底……」葉世傑先是瞪了簡翰和，又無奈地嘖一聲，轉頭繼續向張健志說著：「如果只是這樣的話，也太爛了吧！」

「只要是能贏的方法就不是爛方法。」張健志爽朗地笑著：「的確，如果只是這樣的話，最後就算贏了也不過癮。不過你剛剛也聽到了吧！就算沒有這張王牌我也能輕鬆取勝，所以這算是給你的第二個警告，可別讓我贏得太無聊啊！」

「說實在，你根本不是為了讓這個系更好吧！」葉世傑說著便快步向前走，張健志雖然配合後退但笑臉仍十分從容，最後葉世傑的拳頭在張健志臉旁的牆壁上用力咚了一聲：「如果是因為詩涵，如果只是好玩，那我覺得是可以免了。」

「不要總是詩涵詩涵的，就不能面對問題的本質嗎？」張健志瞇起眼，像打量著甚麼有趣事物般盯著葉世傑，就差沒有吐出個煙圈：「你問我到底是為什麼，難道不問自己同樣的問題：你到底為什麼非贏不可？」

「班代這個位子，一開始是你，再來是詩涵姊，後來換蘇伯達，然後是現在的曹峰，這個位子被你的人死死掌握著，為的就是避免出現不可預期的挑戰者。」見葉世傑無話可說，張健志便繼續說道：「挑戰甚麼呢？大二的系學會代表，大三的系學會會長，和蘇伯達這個你精心栽培的人搭檔，兩屆班代聯手參選，多好的佳話！……之後呢？肯定競選學生會長，到大四剛好卸任畢業。完美的大學生活，完備的資歷，出於精心的設計，到頭來，到底是為了甚麼？在完成階段任務的同時，你有沒有想過參與公眾事務、甚至身為人的本質是甚麼？」

葉世傑愣愣地望著他，眼珠在聽懂的瞬間震了下，強裝的笑臉裡也有著顫抖：「如果你認為我想贏只是為了自己，那就拿更好的政見來打敗我。」

「恐怕是你誤會了，打敗你根本就不需要政見。」張健志又露出惱人的笑臉：「我只是個俗人，為了開心和勝利才參加這場選戰，這種想法並不可恥，可恥的是同樣懷抱著相同想法卻選擇隱藏的你而已。我贏就是為了自己，我參選就是為了想讓你一敗塗地，然後一點一點奪去你擁有的東西，無論是你的夢想，你對人生的完美規畫，或者你念念不忘的詩涵姊。」

詩涵「姊」，張健志老是這麼稱呼，當然陳書華不會注意到這個細節。

而葉世傑就這樣手撐著牆壁，雙眼透出尷尬的猶疑。

「一個被逼到牆角的人到底會怎麼反擊？」張健志倚著牆說著這句話，眼裡展現著無比自信，最後還狡黠地彎了下嘴角：「我很好奇。」

「只要像就好。」張健志似乎是故意這麼說，然而表情看來卻又不像。

「嗯。」陳書華盡量不透出情緒，接過張健志手中的系學會吉祥物公仔。一開始只是普通的原子筆、眼鏡盒或手機吊飾，張健志就像這樣隨意地拿給他，他就去找一塊適當的原木，開始他目前唯一要做的事情，就是刻出完美的仿作，拿回學校等張健志的評語。這次的目標，是前幾天粉絲專頁上的建議，他們甚至有了粉絲專頁！而陳書華並沒有權限，他只負責生產木雕讓張健志拍照貼上網。

「真的甚麼都不用做嗎？」陳書華問過幾次，因為網站只布滿了這些相片。

「要做甚麼？專頁的名稱就叫『書華和健志的木雕之家』啊！」張健志說得沒錯，這個專頁一開始就說是為了讓同學認識他們用的，因為在此之前幾乎很少人和他們有過交集，所以就算有文字，也是寫他們的興趣、星座、血型之類的。

「但是……」我們是要參選系學會的啊！這句話陳書華很難說出口，因為就在幾個月前，他對這件事還是強烈冷感的，而且就算現在，他也敢保證自己的參選意願絕對遠小於張健志，但遇到這種狀況還是會忍不住焦躁起來。

「既然你的參選意願不高，那就把所有事情交給我就好啦！」張健志像是看透他心思似地說著，還吹了幾聲走調的口哨，又歡脫地拍了幾下手。

「我是不想參選，可是參選了不做事也很丟臉哪！」陳書華勉強找個理由。

「可是要跟你解釋也很麻煩啊！」張健志先一臉無趣地伸懶腰，不過一看就知道是裝的，接下來他果然露出惡作劇的笑容：「騙你的，我也想找個人說話，在這場選舉中，你的存在也是為了這個，大概就是華生的角色吧！」

「你不跟我解釋也是沒關係的。」陳書華聽了只能無奈地揉揉眼。

「總之，現在的目的是為了激怒他們。」張健志自顧自地開始解釋，甚至像演員一樣做起豐富的表情，連聲音也變得做作起來：「他們現在肯定想著：那些傢伙成天玩木雕就可以有一半左右的支持率，這世界也太不公平了吧！」

陳書華點點頭，不是認可他的演技，而是因為他內心正是這麼想的。

「所以，他們就會開始激烈的反擊。說反擊也不對，因為我們根本沒攻擊，只不過是激怒他們而已。」張健志邊說邊得意地笑：「而攻擊的手段就會是他們自豪的『完美政策』，但是這世上沒甚麼是完美的，當政策越多時，就越容易找到漏洞。而且政策畢竟是政策，結果仍是未定的，所以可以攻擊的點就會很多。一旦政策被攻擊，就會激起更大的怒火，然後就是更多的政策，同時也就曝露更多弱點，就這樣陷入一個循環，而這循環的起點，就是你的精巧手藝。在策略學上，正是『後發制人』的道理。」

「那如果他們選擇忽略呢？」陳書華忍不住問。

「那就是媒體戰、更多的媒體戰。」張健志像在指揮交響樂般揮著手：「他長期把持著班級事務，那麼多決策一定有得罪人的地方，我手上大概就有十幾個吧！而且只要隨便上論壇寫

『有沒有葉世傑選舉只靠人情的八卦』、『有沒有葉家二公子有樣學樣的八卦』，就算對支持度沒太大的影響，他的情緒恐怕也會掀起波瀾，而且選會長總要提政見，我只是希望他早一點而已。」

「所以其實你手上沒有任何政見嗎？」陳書華一度以為，張健志會拱他選會長，是因為有理想要實現，雖然看他和葉世傑的交談，就可大略知道不是如此，但親耳聽到他說完全沒準備，還是嚇了一跳。

「當然原則性的問題還是研究過的，畢竟還要反駁對方嘛！不過如果說要研究政策的話，一方面葉世傑已經準備了一年半，要利用短短幾月惡補不太實際，另一方面，我也不想為這種事情浪費時間。」張健志理所當然地說。

「但你是預計要當選吧？」陳書華想到最可怕的後果：「選上後怎麼辦？」

「民主是脆弱的，體制卻不是如此，畢竟它經歷過了長久的考驗。」張健志以不容置疑的氣勢說著：「我敢跟你保證，把現在的行政長官換成一群笨蛋，社會也不會有太大區別，因為只要蕭規曹隨，或者適時挪用對手的政見，這個社會就有辦法繼續運行下去，而且別忘了，民主社會的好處，就是總有多管閒事的人會在旁邊指指點點。所以把政府換成另一群笨蛋，不僅不會世界末日，甚至可能更好，畢竟笨蛋還知道自己是笨蛋，而你……就是其中一個。」

陳書華就算不想知道那「其中一個」是誰也沒辦法了，畢竟張健志的食指正指著他，而且也不可能假裝不瞭解這句話的意思，這樣就顯得自己更像笨蛋了，所以他只是把眼珠子轉了轉，說服自己沒看到那根手指。

「只要像就好。」張健志最後似乎是故意這麼說，然而表情看來卻不像。

「只要像就好了吧！」就在幾個月前，那時張健志才剛纏上陳書華，而陳書華一點也不想搭理他，但是當轉身要走時，張健志冷不防丟下這麼一句話：「木雕這種事，只要像就能夠滿足了吧！」

陳書華忍不住停了下來，因為榮叔也對他說過同樣的話。

「不需要在意別人的眼光，就算只是在做無意義的事，只要看著成品告訴自己，至少還做得像，這樣心理就能感到安心了吧！」張健志雙手插在口袋，一步步走向正背對著他的陳書華：「陳家貴公子能洗衣煮飯就很了不起了，居然能把木雕刻得那麼像……你想得到的就是這種評價吧！說甚麼不想被家族侷限、想做自己，到頭來也只是害怕配不上光環、害怕世人眼光所以才選擇逃避而已！」

「你的作品，根本就沒有靈魂！」榮叔那時舉著拐杖對房間的作品劃過一圈，那天也是傍晚，他背對著路燈，陳書華就愣愣地盯著那根因為映著光而顯得刺眼的鋁棍，彷彿那些木雕剛剛被搗碎了，接著，他驚叫出聲。

「怎麼了！」陳泰鴻破門而入，一下沒適應房裡的黑暗，只能看清自己兒子絕望的淚滴和映得閃亮的拐杖，他匆忙打開電燈，顯然也以為木雕被砸壞了，當房間大亮後，看著完好無損的作品，他浮現了安心又交雜著疑惑的神情。

就是在那天之後，陳泰鴻沒再向自己的小兒子提過從政的事，而榮叔也從此沒再給過陳書華正眼，雖然以前他就總是那副看好戲的神情，但可以明顯感覺到，從那之後，他眼裡有某種重要的東西消失了。

當再次聽見同樣的話時，陳書華忍不住停了下來，不是好奇、也不是想知道自己對這些話有沒有抵抗力，只是單純的天性，人類總會不由自主地去舔傷口，或者狠狠捏上一把，當傷口終於消失後反而會感到失落惆悵。

「你的作品，根本就沒有靈魂。」或許是經歷過一次，聽來便沒那麼有壓迫感了，不過也是因為這樣才能讓談話繼續深入：「你一直說要逃避，要獨立，說實在卻從來沒擺脫過家族，也無法擺脫，因為你就是隻寄生蟲。你想有幾個家庭能支持那樣的興趣，說到底那也還是有錢人的遊戲，就算賣幾個錢，恐怕也是靠著家族，被拿來當洗錢、逃稅還有賣面子的玩具而已。」

後幾句話沒有加強太多力道，畢竟最大的動靜已經過去了，陳書華其實一直都知道，如果把他扔到窮鄉僻壤，他就是個嫻熟的木匠而已，現在得到的一切讚美，都是奠基在身為陳家人的名號上面。

比起這些，他更在意的是眼前的這個人，為什麼和榮叔說出相同的話。

「你該不會是……」陳書華到這裡才想到，他一直都不知道榮叔的本名，只知道榮叔從有記憶以來就常出入家裡，許多長輩都這樣，小時候不會在乎本名，長大也總沒機會問，所以陳書華最後只問：「你爸是做甚麼的？」

「上班族。」張健志很快回答，眼神看不出來是不是逃避。其實就算他知道榮叔，如果打從一開始不想說，現在也沒理由坦白。所以陳書華沒繼續追問是怎樣的上班族，又或者和自己的父親有甚麼關聯。

那天他只聽了這個答案，便轉身離開了，他不確定自己是不是只是假裝在意這件事，好避免去直視內心的本質，因為那裡出現了一道裂隙，而且正逐漸成長。

「榮叔的本名是甚麼？」陳書華假裝只是隨口提起，他今天沒回到書房，在那之後已經過了幾個月了，那時他已經做了那個重大宣告，在周末的早晨，他會拿著早餐到客廳和大哥和二姊坐一坐，而不是悶著頭回到書房裡解決。

「王向榮。」大哥像直覺般地盯著電視回道：「怎麼這麼問？」

「欣欣向榮的那個向榮嗎？」陳書華不是要避開問題，只是忍不住追問。

「啊哈！」二姊啞然失笑：「所以他才不常提起自己的本名。」

「怎麼忽然提這件事？」大哥又問了一次，看來卻也不像真的察覺到甚麼。

「只是忽然想到。」陳書華做出不知所謂的回答，但也有部分是真實的，因為這是幾個月前就有的疑問，現在之所以想到要問，不過是偶然，也可能是因為這份疑惑在陳書華心裡日漸濃重了起來。

陳書華拿起裝有炒麵的保麗龍盒，另一隻手小心翼翼地扯破免洗筷的塑膠封膜，避免岔開的竹絲扎到手。大哥在一旁有條理地把各家新聞台看過一輪，根據每天的新聞量不同，各新聞台差不多會以十到二十則新聞做為一個循環，當又回到重複的新聞時，大哥便轉到下一台，並不時做著筆記。等把各家新聞台都看過，再照著筆記翻找預錄盒的影像，用內建程式進行剪輯，最後將片段或截圖存檔，抽出隨身碟，再連上筆電進行接下來的工作。

「選戰最重要的就是訊息戰，如果能在訊息散播的起始就反制對手，不利的因素就能減到最低，反之如果任由負面訊息成長茁壯，就算最後證實是錯誤信息，不利的信息已經廣泛紮根，在議題的熱度減退下，就很少人會理會澄清訊息。」以前陳書華只以為，大哥和二姊一人盯著電視，一人抱著筆電，只是純粹在打發時間，直到終於走出書房，才知道他們是在進行輿論控管，大哥緊盯傳統媒體，二姊則對社群媒體進行監控。

「現在是網路時代，不像傳統媒體，以前如果報導不實，可以要求道歉、澄清，或至少平衡報導，這樣雖然閱聽者接收錯誤消息，但同時也會接收到澄清訊息。但網路社群不同，資訊是透過分享、留言建立的，反對派如果分享了錯誤報導，就算源頭的平台隔天進行澄清，難道能一一要求分享者平衡報導嗎？所以只能依賴支持者的留言矯正輿論，讓沒有追蹤平台的人也能獲得平衡報導。我們現在雖然佔上風，但支持者終究不可能了解每個議題的內情，所以必須由我們提供武器，在反對派分享的瞬間，利用支持者殲滅負面消息，甚至轉化成正面消息。」

陳書華在客廳待的時間越久，大哥和二姊跟他說的便越多，以往榮叔在飯桌上被兩人拱著說的話，都可以在他們身上看到影子，這也是陳書華和張健志幾天相處下來的感覺，或許是因為這樣，今天才忍不住問了那句話。

「知道為什麼爸希望你從政嗎？」大哥盯著電視，冷不防丟出這句話。

「欸？」陳書華本來預期聽見更多像以前那樣的內容，所以顯得手足無措。

「我們其實也勸過他，讓他放你做自己喜歡的事。」大哥只是接著說。

「他覺得你和他最像。」二姊也抬起頭加入對話。

「榮叔也這麼想過，不過發生那件事後……」雖然沒有人特別責怪榮叔，但這個話題還是成了禁忌，大哥很快轉變氣氛，像刻意模仿榮叔般，用不可一世的語氣繼續說著：「爸和你一樣，起初都刻意逃避家族事業，其實不是討厭，只是怕做不好，所以就逃進自己的小世界裡。這種人有優點也有缺點，怕自己做不好的人，往往都是差那麼一點，因為總是想著那麼一點，就乾脆連第一步都放棄，所以一旦下定決心，往往可以一鳴驚人，但最難的就是心裡那道坎。」

「達克效應。」二姊想起甚麼似地笑著，大概又是榮叔說過的：「能力差的人往往不會意識到自己的無能，富有想像力和理解力的人卻總是懷疑和優柔寡斷。」

「所以爸才會讓榮叔去說服你，而榮叔失敗後也才會這麼……」大哥不知道怎麼說下去，而陳書華心裡卻有著完全相反的想法，如果不是聽了榮叔那天說的話，或許他不會有那麼大的動搖，而且假如張健志……

「榮叔到底是做甚麼的？」陳書華又突兀地問，因為從有記憶起就有這麼一個微妙的角色，卻從來沒理解過這個人，只知道他大概和陳家沒有血緣，是在那座橋斷了之後突然出現的神祕訪客，還有父親跟他透漏的那個祕密。

「從你有記憶以來，榮叔就一直存在了吧！」大哥的表情忽然轉為凝重，大概是把新聞台看完一輪了，他拿起預錄盒的遙控器開始做剪輯，按了幾下之後，才繼續說下去：「不過你要知道，榮叔總有一天會離開，我們終究是孤單的。」

陳書華不明白這句話的意思，榮叔看起來不老，而且有點難纏。

「榮叔沒有真正意義上的工作，我們也沒有付錢給他，你覺得他為什麼要做這些？」二姊替大哥說下去，然後在陳書華遲疑時直接給了答案：「他一直在收別人的錢辦事，我們相當於他的工作，他不是真正為了我們。」

「那他是為了甚麼？」同時陳書華也想問，張健志是為了甚麼。

「你知道葉家把持市政很多年了吧！」二姊繼續解釋，大哥則雙眼直盯著電視剪輯素材：「以你們班上的那個葉家公子往上算，從他曾祖父那輩就開始投入市政了，這麼多年來，他們治理得不算差，卻也從沒跨出這座城市過。」

陳書華以前從來不會去在意這些，乍聽之下，只會覺得這像中世紀的領主。

「不是跨不出去，而是從沒想跨出去。」二姊加強語氣：「我不知道這是不是刻意算計過的，但是這顯然創造一個優勢，那就是市民會覺得葉家在國會確實代表這座城市，不會被黨派利益犧牲，而模糊區域在國會中的代表性。」

「市民以葉家為榮，而葉家也做得不錯，因此就一而再、再而三地把政權交給他們，其他黨派一直不得其門而入，而這就造成了大問題。」二姊說到這裡，陳書華大概可以猜到接下來的發展了：「雖然葉家不傾向踏出城市和其他全國性黨派競爭，但是在政治議題中，葉家卻總能扮演一種獨立於朝野之外的角色，而那些就事論事的見解，總會讓朝野的惡鬥顯得狼狽，葉家就像一根針，雖然小，卻總是扎在那裡騷擾人，讓人覺得礙眼。」

「所以有人付錢給榮叔，要他利用陳家擊垮葉家嗎？」陳書華說了結論。

「如果有一千個平行時空，你覺得會有幾個我們？」二姊忽然這麼問，在陳書華恍惚間又立刻給了答案：「很可能只有這一個，個人是脆弱的，只要一個不小心，我們其中一個就不存在了，或許爸也不存在，比較可能存在的是陳家，而更有可能的是，另一個張家、李家取代了陳家的角色。相對來說，愛因斯坦可能就只存在這個宇宙，只要一個閃失，甚至某顆精子跑輸了另一個，愛因斯坦就不會出現了。但相對論呢？我敢說，一半以上的宇宙是存在相對論的，建立相對論的不是人，而是時代，就算愛因斯坦不做，另一個貝因斯坦或許也會做出來。」

「你姊又在模仿榮叔了。」大哥盯著剪輯畫面微微一笑。

「我要說的是，葉家的衰亡或許是時代的必然，但陳家的興起並非必須。」二姊也微微一笑，隨後卻又轉為嚴肅：「榮叔是優秀的時代觀察者，他可以看見高塔傾倒，誰也沒辦法阻止倒塌，但榮叔懂得適時踢上一腳，讓塔倒向不同方向。」

「妳是說，是榮叔選擇了陳家？」陳書華忽然不明白二姊想表達甚麼。

「爸跟你說過那座橋的故事吧！」二姊忽然又轉向不同話題，但接下來她說的話，卻讓陳書華不自覺抖了一下，他有預感，二姊會提到那件事：「他有說過，榮叔從那個標案狠狠賺了一筆嗎？」

沒錯，就是這個，不過他很驚訝父親也對他們說了。

「那個標案是榮叔精心策劃的詭計。」大哥在陳書華還沒反應過來前接著說：「他觀察爸很久了，他知道爸會先做功課，然後他同時收兩家廠商的錢，第一家是那位顧問服務過的前公司，他說服那家公司在送交計畫書前改用顧問所建議的工法，事後真的順利得標了，因此收到一筆豐厚的後謝金。另一家廠商就是後來得標的那家，他向他們保證能搶回標案，當然是利用了那名顧問的背景，所以最後也順利收到了第二筆後謝金，而第一筆當然不用還回去。」

「榮叔有點像是春秋戰國時代的說客，靠著唇舌左右政局，順道騙吃騙喝。」二姊說著便笑了：「先前偷聽爸和榮叔的談話，他們甚至還有個組織，好像是叫作『專業救援』還是其他甚麼的。」

「專業救援？」陳書華復述著這個奇怪的名字，聽來像是個網路鄉民用語，接著他又想起張健志，或許他和榮叔真的毫無血緣關係，但難保他們不會是某個祕密組織的上下級。

「如果要說的話，的確，是榮叔選擇了陳家。」二姊的眼神又忽然黯淡了下來：「榮叔早就預知葉家的衰亡，但他選擇陳家，恐怕也跟當初那個標案一樣，不為了哪個黨派工作，而是藉由輕踢一腳來大撈一筆。」

陳書華忽然覺得混亂，既然他們都知道這件事，為什麼平常看榮叔還能保有那種閃亮神情？以前他以為躲進書房只是躲掉了家族事業，沒想到，其實他對這個家一點都不了解，在那兩雙渴求的眼神背後，是怎樣複雜的心情呢？

「覺得很混亂吧！」二姊似乎看透了陳書華的心思：「榮叔不可能久待，我們的興起，一定會對某些人帶來利益，而榮叔就是透過這層關係四處收後謝金，等利益榨乾就離開，所以我們也盡可能從他身上挖東西，難聽點就是互相利用。」

「既然榮叔也無法依靠，就沒有誰是可以依靠的了。」大哥抽出預錄盒上的隨身碟，盯著隨身碟幽幽地說：「等榮叔走了，爸就只剩下一個人，我和你姊最多就是做些雜事，你有潛質，所以爸急了，我們都是。」

「試試看吧！潛質也不是我們說得算。」二姊在一旁打圓場。

陳書華早已把保麗龍盒裡的炒麵吃完，他把盒子、免洗筷和塑膠膜裝進塑膠袋裡綁起來，起身就要離開，不過他隨即想到就這麼走掉並不禮貌，這是他以前從未考慮過的事，所以離開前他又生疏地補一句：「你們繼續加油。」

葉世傑惡狠狠地甩上租屋處的門，又在撞上門框前將門止住，他感到氣惱，甩門的衝勁讓這氣惱發洩了一半，如果聽見門框和門碰撞的響聲或許可以發洩掉另一半，但隨後會感到懊悔，或許氣惱的「值」又會升回原來的地方。

沒道理！為什麼光是貼上木雕的相片，就可以獲得那麼多人支持？

葉世傑這幾天試探了幾位同學的意向，沒想到有那麼多人支持張健志，他只能拼命忍住大吼的衝動：「他們只是在刻木雕耶！根本甚麼都還沒做好嗎！」

但他甚麼都沒說，因為這樣只是反效果，這時就該有風度地露出笑容。

因為這樣，葉世傑召集起團隊，也開了一個粉絲專頁，雖然除了黃司安以外的夥伴都建議他不要隨之起舞，雖然黃司安通常是團隊裡的反指標，但葉世傑這次決定把黃司安視作唯一的夥伴，逼著其他人也跟著蠻幹起來。

結果不出所料，當然是慘不忍睹。

原本以為每天貼一則政見可以拉回選戰的重心，沒想到貼出來只是讓對方雞蛋裡挑骨頭，而且大部分不是對手親自回覆，而是對方的支持者義務性地幫他們檢視這些政策，他們回覆的次數不過……兩三次而已吧！

這絕對是十分聰明的策略，不僅可以讓他們繼續玩木雕，偶爾或許來葉世傑的專頁這裡逛逛，找幾個公認不錯的留言貼到自己的專頁去，美其名說是「廣納意見」，就算最後意見被人反駁了，也不用負任何責任。

這是個很聰明的戰術，葉世傑也不是沒想過以其人之道還治其人之身，但一方面對方完全沒有給出能夠批評的著力點，另一方面葉世傑的支持者已經習慣當個聽眾，很難要他們主動去跟對方筆戰，因此葉世傑只能親力親為。

幾天下來已經把葉世傑弄得疲憊不堪，更別說在他的老搭檔前抬不起頭，畢竟他們都警告過了。現在聽到黃司安再有任何附和的聲音，都只讓葉世傑想衝上前去把他掐死，但過去的教養讓他忍住了，甚至，還必須反過來安慰黃司安。

葉世傑走下樓，又狠狠甩了一樓的鐵門，並且同樣在撞上門框前止住，算是發洩掉另一半的氣惱，然後掏出鑰匙，往自行車停的位置走去。

他跨上自行車，試著穩定自己的心緒，所以他望向租屋處正面的寬廣河流，悠長地吐了口氣，這條河雖然不會在夏天勾起人們下水的衝動，但畢竟是條河流，或許是遠古人類的天性，只要看到河水就會不自覺地感到安心。

直到覺得差不多了，才打起精神踩下踏板，沿著河堤滑行過去，但是望著說不上是清澈的河水，總感到有些異常，卻說不出口，只能放慢速度，歪歪斜斜地試圖找到一個平衡點。接著，就在要過橋的時候，他聽見了異樣的響聲。

幾個悶沉的撞擊響聲，還有一點人群的騷動。

是哪戶人家的夫妻又互相發著起床氣了吧！葉世傑先是這麼想，可是那聲音分明來自橋下，思緒忽然堵住了，好像腦漿黏糊糊地在小空間發脹，他用力晃了晃腦袋，像要把腦袋裡黏糊的液體晃勻。

那不是幻聽，橋底下的確有聲音。

他先把單車騎到對岸，然後再從側面往橋下探過頭去，這才發現不得了的景象：一名瘦弱的青年被人從背後架住，在那周圍又圍了幾個人，似乎是一起霸凌事件，而那名青年的臉雖然在陰影下，但葉世傑一眼就看出了他的身分。

那是班上的同學。

「哎呀！」忽然眼前的同學冷不防地被打上一拳，葉世傑全身禁不住震了一下，這顯然就是撞擊聲的來源，這時他的頭腦開始瘋狂地轉，想著應該怎麼辦才好，其實答案十分簡單，只要喊一聲就可以了。

他們或許知道他是市長的兒子，如果猶豫的話，也可以自己喊出來。

倒不是市長真的有甚麼了不起，也不是政治人物真的能對他們怎樣，他們的不安來自一種對現實的不確定，就算理性告訴他們不會有事，但只要有百分之一的不確定性，人們還是不會任意行動的。

他評估一下現在的形勢，對方有五個人，雖然不像電影那樣全部統一穿著黑衣，但看動作和氣勢都可以確定他們屬於同一類人，兩個人負責壓制住那個可憐蟲，另一個負責威嚇和出手，一個在旁邊看著，還有一個負責把風。

就在葉世傑微蹲在護欄後觀察著情勢時，把風的那個人毫無預警地抬頭看向路面，和葉世傑對上了眼，他不應該害怕的，但人在面對不確定的情境時，那種不由自主的提防畢竟還是不理性的。

最後他甚麼都沒做，騎上腳踏車，走了。

在他身後，那個可憐蟲的頭被其中一個人拉起，他的雙眼便被迫看向路面，一開始只是絕望地向前看著，接著他看到一個人影，然後，他驚訝地看著自己的同學正轉身離去。

到達學校後，沒有人注意到葉世傑的心神不寧，因為他最擅長的事情之一就是壓抑，幾經思量後，他默默地站起身離座，拿出手機，做了之後可能會後悔好幾年的決定：他按亮螢幕，輸入了一一〇。

在同學的喧鬧聲中，葉世傑感受到前所未有的孤獨，他將手機貼到耳旁，臉龐因為螢幕亮度而變得溫熱，在電話響著的同時，他慢慢走向門外，靜靜等著電話接通，聆聽命運在另一頭的回答。

現在我所說的一字一句都不會成為證據吧？我想我應該有這樣的權利，不過最好還是再確認一次……沒錯吧！既然你們都這麼說了，就算最後把這段話呈上法庭，我的律師也會緊咬這點……醜話先說在前頭，失禮了。

如果要問十五年前的事，那妳應該已經從劉警官那裡聽到真相了吧！

算了……總之最重要的就一件事：槍從哪裡來？我想這是當時大家最想弄清楚的問題吧！這也是唯一和大家切身相關的事，其他不過就湊湊熱鬧而已，但誰也不希望自己的孩子隨隨便便就可以拿到一把槍。

這點警官當時的猜測沒有錯，槍的確是從我那裡來的。

很好，我想攝影機的確是關掉了……我剛剛說了是猜測吧？之所以不說推論，是因為劉警官根本是瞎猜，法庭上律師的那番推論反而比較踏實些，但就像職業球員在投籃一樣，老手總有幾球會落到外面，而菜鳥有時也會投進幾顆。

總之……我又說了一次總之，反正我這麼一說，妳大概就可以猜到大致情形了。這很大一部分要歸功於劉警官的猜測，再強調一次，是猜測。

不過在公布真正的答案之前，我要先從比較枯燥的故事背景開始說起。

首先，劉警官或許提過，我們那時正進行系學會會長的選舉，他或許是看了海報，或者聽我們班上一些好事之徒跟他瞎扯閒聊，我不確定他聽到了甚麼，所以我在這裡用我的說法再說一次好了。

要知道，我不會因為一場選舉而殺人，而且為了選舉殺人總是愚蠢的，張健志死了，陳書華照樣能選上，事實證明也是如此。選舉從來都不是一個人的事，那場選舉更是如此，它就像一股潮流，擋住了前浪，後浪也會迎頭趕上。

不過在選舉一開始，我沒有看清浪潮的方向。

那時我已經當過班代和學生會代表，許多大小活動也都擔任過重要幹部，基本上算是個風雲人物了，現在想想，或許有種政治世家就該如此的想法吧！而也因為如此熱血地參加政治事務，出身這點就比較少人提起，或許是大家認為我未必走上父親的道路，我是我，一個單純想奉獻的學生而已，不需要加上政治顏色的標記，也沒有必要討論政治上的傾向，同學應該原本是這麼想的吧！

而相對的，陳書華是完全相反的例子，他相對低調許多，反而激起了大家的興趣，就像大自然的週期一樣，一段時間就會流傳這樣的閒言閒語：「欸！你知道嗎？陳書華也是來自政治世家呢！」、「是嗎？看不出來哪！」、「他父親和葉世傑的父親分屬對立的陣營喔！」……風潮過了一段時間後，又被新的一群人重新提起。至於我的身分，大家老早失去了新鮮感，我也不想刻意去提起這些事。

再回到系學會選舉的話題吧！

在系學會選舉的前一個學期，我和前女友分手了，她叫蔡詩涵，或許妳已經聽過她的名字，她跟我分手後，被看到和張健志在一起，也是從那時候，張健志這個名字深深烙進我的腦海裡……那之後他向我下了戰帖，至少他說是如此。

再強調一次，這或許在推理小說會成為很好的殺人理由，但我必須以一個過來人的身分告訴妳，現實生活中遇到這種事會懊惱，會對那個人感到忿恨，但完全沒有到需要犯罪的程度……

這點請相信我，我沒有殺人。

而且那個時候我一點也不擔心那場選舉，雖然張健志總是找到機會就想挑釁我一下，但我起初只把他當作是想要在蔡詩涵面前展示甚麼而已，那時候比較煩心的是蔡詩涵離開的事情，不過隱約也可以感受到張健志的人格魅力……這也使接下來的幾年十分難熬，因為當下或許覺得礙眼，但他是那種幾年後會讓人懷念的人，雖然人真的不是我殺的，但畢竟是我弄到了那把槍，所以嚴格來說，我的決定也導致了他的死亡……還沒說到那把槍，可能得請妳再忍耐一下。

他那時候跟我說他手上有張王牌，就是陳書華。我也不擔心，因為那人對公共事務一點也不熱衷，整天就知道玩他的木雕，不過說真的，他在木雕這一行可不是玩票性質，只要給他一個東西，他就可以做出一模一樣的複製品。

而選戰一開打，他也的確表現出漠不關心的樣子，大概只是被父親逼迫才不得不參加選舉。那時我們的父親在市長的選舉上打得火熱，如果兒子參與系學會選舉，說不定可以多拉幾張首投族的選票呢！

那次的選舉，我低估了對手實力，雖然我料到選舉一開始，張健志會利用陳書華政治世家的身分挑撥同學，把系學會選舉拉高到市長選舉的意識形態對立，但我沒料準的是，這個方法發揮如此大的效果。

就算大家嘴巴上說不在意，可是畢竟到了選舉，情感上也被媒體和政治人物炒到了高點，就算系學會和市長理論上沒有關係，但選舉到後期基本上就成了應援戰，大家拉了一條分隔線站在兩邊互相叫囂，以為這真的能改變甚麼。

當然張健志也沒有說出口，他只是把陳書華的身世和參選消息透漏給媒體，然後一打出這個名號，大家便懂了，他不需要提出甚麼政見，只是創立了一個粉絲專頁，每天就貼幾張木雕的圖片……沒錯，就是木雕。

所有事情在後來看來都很荒謬，但當下就是沒有人懂。

我那時也一點都不恨張健志，他是那種讓人恨不起來的人，我反倒更恨的是那些盲從的人們，每次在課堂上，我總想衝上講台搶走麥克風，對他們吼一吼，不過我終究沒這個勇氣，如果是張健志，或許就會這麼做。

我後來試圖把選戰拉回政策的討論，但沒想到一步踏進了他「後發制人」的陷阱，他的支持者拼命在我的政見裡挑毛病，然後他再從那些支持者的言論中，選取最多人支持的一個做為自己的見解，因此他的支持度反而日益攀升。

就這樣，原本應該是壓倒性勝利，忽然在一瞬間變成勢均力敵，最後對方又像海嘯逐漸堆起，看來過不了多久就可以反過來把我吞噬。就在這時候，就像覺得這樣的進程還不夠快似的，又有一股巨浪迎面來襲。

橋下發生的那件事，劉警官當年應該沒問到吧！不然在法庭或是偵訊時會是不錯的題材，縱然沒甚麼法律效果，對法官的心證和群眾印象也是有影響的。

總之就是有天我騎腳踏車去上學時，在每天經過的橋下看到自己的同學被一群混混圍著打，那時我應該可以喊上幾聲，可是最後決定不出手，直到進了校門才打電話報警。

最後，很遺憾那名同學被打成重傷，很遺憾他看見我了，很遺憾他的傷沒有太重，讓他還有機會開口……我那時的確這麼想，或許有點惡毒，不過妳想想，如果最後真的如我所願，在另一個平行時空下，就不會那麼哀傷了吧！

我甚至後悔那時報警了，畢竟，他在這麼不起眼的地方被人打成重傷，最後卻能幸運保住一命，有部分也必須歸功於那通電話吧！

但我不能譴責他忘恩負義，甚至在各方攻擊最慘烈之時，我都沒說出這個事實。

大家嘲笑著我的懦弱，只有一些死忠的支持者和選舉夥伴以人性的論點反擊，但這一點都幫不上忙，甚至可以說是越幫越忙，畢竟身為政治人物，人們會要求你超越人性，雖然在某些時刻他們又會說政治人物不過是個人。

於是，這樣的情況，再加上一點機遇，還有我的決定，出現了那把槍。

之後的事情，劉警官說對了一半，他的猜測和真實情況的最大差異在於，我並沒有騙李明輝，告知他的那個計畫就是我的真正目的，所以也沒有後續的後膛槍魔術，整件事應該到此為止，我根本不打算殺害張健志。

至於張健志為什麼最後還是死了，請再耐心聽我說下去。

計畫動機和劉警官說的一樣，我想製造阻止李明輝開槍的假象，而且最好是實彈，這樣才有戲劇效果，不過一切都只是假象，只要假象，目的就達到了，根本不需要真正傷害誰。

那時的計畫是這樣的：第一槍應該就要把全班淨空，接著我撲上前去，和他扭打在一起，座位是事先選定的，旁邊有個窗戶，是壁龕式的。而且那間講堂只有兩個出口，都是在後頭，只要所有人都逃出去，哪怕是擠在門口，也不會看見窗台上發生甚麼，我就利用那個空檔，把空包彈彈匣換成實彈彈匣。如果有人沒逃出去，我會轉過身對他吼一吼。

至於為什麼不先弄一個只留兩個空包彈的實彈彈匣，一方面是為了避免李明輝產生不必要的不安，減少計畫出錯的機率，當然也有部分是怕他拿槍出去惹事情，最重要的是另一方面，我讓他保留一個反悔的餘地。

劉警官應該也說過，如果裡面全是空包彈，罪刑會比較低，不過同時我的計畫效果可能也會減低，這有點瘋狂，但如果我的計畫效果要增高，就必須把空包彈匣換過來，也必須拿他的罪刑做交換。

所以，我覺得有義務提供他一個最後的反悔機會。

如果他最後決定反悔了，只要按住我的手，我就不會去換彈匣。但是那天誰也沒空閒在意這些，因為當時出了兩個差錯，首先是第一聲槍響後教室沒有淨空，而且就算我再怎麼吼也沒用，然後，一發子彈射向了張健志。

所以最後就是這樣，留下那個虛實交雜的迷惑彈匣。

再來，就是第二槍的問題。劉警官應該說過，以那把槍的扳機磅數，第二槍不太可能走火，而是人為刻意扣下扳機所造成，這部分我當年立刻質問了李明輝，他說自己不記得了，只說或許是因為手指被我壓到發麻了，所以才誤觸扳機。

而劉警官這裡又猜對了一件事，我的計畫中的確包含有第二槍，不過他的推理是荒謬的，他忽略了意外的可能，因為盲目地沉溺於陰謀論裡，所以遺忘了拿破崙的那句忠告：「如果無能足以解釋，絕對不要歸咎於惡意。」

要否定他的論點很簡單，因為第二個偽造彈頭的確是存在的，只要彈頭的方向和張健志所站的方向相差甚遠，就足以否定他的推理，而那時候他一直沒找到彈頭，也是因為他的思維一直停留在冷氣房裡。

其實只要拉開窗戶，就會發現彈頭卡在窗緣上。

一般人在冷氣房裡，就算要尋找一個可能卡在任何地方的彈頭，也會下意識避免去拉開窗戶吧！而且他的理論也告訴他彈頭很可能是在張健志的方向，所以就更可能忽略了方向垂直的窗戶位置。

劉警官是對的，現場在案發後就立刻被封鎖了，一直到那時候都還不準外人進入，搜查人員要進入也都是一組一組，這種情況下很難湮滅證據，如果我當時公布這條線索的話，劉警官可能又以為把彈頭位置選在那裡是為了這個目的吧！至於李明輝開槍的方向？劉警官可能又會說，我是利用了某種話術，確保他往那個方向開槍，總之，那時候的他已經有些歇斯底里了。

至於計畫中的第二槍是要做甚麼？應該很容易就能猜出來了，我希望李明輝對著我開槍，而且最好是實彈，這樣計畫才有最大效果，但是既然是用虛彈偽裝的實彈，就必須選一個偽造彈頭的位置，那應該在哪裡呢？

要知道，那可是人來人往的講堂，如果讓人發現彈頭嵌在那裡，就算方圓百米沒有手槍，也會引起騷動吧！因此，就算沒考慮到警方的搜查，也必須讓彈頭難以發現才行。

而要順利進行，除了彈頭事先不能讓人發現外，在事件發生當下也扮演著關鍵角色，那就是，既然要讓人誤以為彈頭是來自李明輝手上那把槍，彈頭也不能隱密到不合情理，至少槍口到彈頭之間不能有任何阻礙。

既然槍口和彈頭之間沒有阻礙，也就是說，站在槍手的位置便可以一目了然地看見那個彈孔。

這時就出現了矛盾，這個彈孔必須讓人看不見，同時卻又讓槍手能看見。

所以只能有兩種可能，第一是平常不會注意到的地方，而天花板上的彈頭就是一個例子，但第一槍可能會把一些人的注意引向天花板，如果第二顆也在天花板，很可能會被看出破綻。所以就只能是第二種可能，平常不會曝露的位置。

窗緣就是一個絕佳的位置，平時被包覆在窗框裡面，只要開槍後把它拉出來一點點，就可以製造出子彈打在上面的假象，而剛剛說過處理彈匣也是在窗台上吧！這就像是個完美計畫，沒想到最後卻出了意外的狀況。

我必須再聲明一次，我從頭到尾都沒想過要殺他。

當我看見張健志站在那邊時，我確實慌了。整個計畫最重要的假設是，當李明輝對空鳴槍後，所有人都疏散到門口附近。而張健志卻站在那裡，而且怎麼吼他都不為所動，那時我腦中不斷在思考甚麼才是最壞的打算。

但是就算我多想要讓他消失在我面前，都不可能把他殺死。因為我袖子裡只有實彈彈匣，而李明輝的手槍裡也只有空包彈……對！他的手槍就只有空包彈，我沒有做手腳，從來沒有，計畫就是我剛剛說的那樣，誰都不會有危險。

所以我只能在那裡乾著急，心虛地展現拙劣的演技，就在我腦中飛快地想著這場鬧劇該如何收場時，我的左手被猛然地推開，身子重心不穩地往後跌到地上，然後傳來一個震耳欲聾的聲響，我知道李明輝開槍了。

笨蛋！他朝沒有彈頭的地方開槍。這是我當時第一個想法。

我聽到了尖叫聲，當然，槍響一定會伴隨著尖叫。可是總覺得不對勁，或許是眼角餘光，或許是聽見喘息的聲響……總之，就像後來所知道的，張健志死了。

我就這樣跌坐在地上，愣愣地看著這一幕。計畫全完了，我沒有心情也沒有餘力去換彈匣，也沒想要去拉開那扇窗。我就是坐在那裡，聽著尖叫的海浪慢慢拍向我這裡，李明輝在我眼前被一群人制伏，張健志身邊也圍著一群人，可是我和他隔著一道長桌，不確定發生了甚麼。我被人攙著，腦中唯一的本能反應就是別讓袖子裡的彈匣掉出來，這是練習了好幾個禮拜的反射動作。

這一切在眼中是如此不真實，過去幾個禮拜曾在腦中謀殺這個人好幾次，而現在他死了，卻不知道是不是我殺的，只能茫然地看著他在那裡淌血。

這就是十五年來痛苦的主因，審判和輿論不算甚麼，那都是容易被原諒和遺忘的。那顆彈頭到底是怎麼出現的？我一遍遍地回想：或許是忘了把一顆彈頭拿出來吧？不，這樣就會注意到少一顆。那會是甚麼？我的確想殺掉那個人，可是我不確定殺意是不是已經進入潛意識，或許在某個時刻爆發卻不自知……是我，因為不可能有別人，只有我有動機，而且，這一直都是我策劃的。

究竟是怎麼殺的？又或者到底是不是我殺的？每天每夜都想著這些問題。

精神總處在極度不穩定的狀態，分不清自己究竟身處虛幻還是現實，就好像在深不見底的水域踩著水，最後只能把內心封閉起來，活得像個行屍走肉，最後收起所有感官，陷入這長達十五年的無間地獄。

這十五年來我想著各種方法折磨自己，一次一次地加重力道……不過或許妳想說，重點不是這些吧？那我們回歸正題：這起槍擊案，到底出了甚麼差錯？

一切都要從那把槍開始。

首先要說抱歉，反正也不需要隱瞞了，總之在橋上的那件事，有一點我刻意遺漏了，那就是：十五年前，我在橋上的遲疑，其實是因為心虛。

不是因為害怕那群人的眼神，也不是一下子慌了，實在是……再申明一次，這段談話不會有任何證據力，就算你們最後把這段話程上法庭，我的律師也會緊咬這點，所以不要有苟且的想法……算了！我都承認槍的事了。

反正，妳應該也猜到了，他們和借我槍的是同一群人。

沒錯，我和黑道有著複雜的聯繫，請別誤會我的意思，並不是所有的政治世家必然如此，像我父親就不是，或許他其實有，只是和我合作的人不同，也可能只是我不知道，至於究竟如何，我不想去猜。

人們都說他打擊黑道不力另有隱情，或許是真的，不過這也不重要了。

那個給我槍的人，大家都叫他「老大」，連我也一樣。

一個巴掌拍不響，除非存在互利共存的要件，否則政治世家和黑道，很難有哪怕一丁點的聯繫。但「老大」不同，他會自己主動創造機會，這也是為什麼我認為在其他人身上很難發生。

他很早就開始鎖定我，他鎖定任何可能帶給他利益的人，這和我很像。他知道自己不乾淨，雖然有些人喜歡這樣的不乾淨，但是大部分的人不喜歡，因此他會隨著不同的人改變他自己，要流氓的耍流氓，要紳士的他也可以裝紳士，如果你碰巧信奉社會主義，他還可以告訴你：「流氓」這個詞拆解開就是「流亡民」，同是天涯淪落人，大家也都有點文化。

而我很簡單，我只要利益。

有時候請他派人盯梢我的對手，但是不能動粗，有時候請他們發傳單，但是鬍子要刮乾淨，西裝要筆挺。夥伴也曾問起那些總來幫忙的生面孔，無論他們再狐疑也沒有用，我總說那是父親的朋友。

妳或許會問，這種無關緊要的事，不讓這些人做也是可以的吧！不過這種事有一就有二，一開始為的事情真的十分要緊，而且會考慮再考慮，但只要跨出那一步，之後就容易了，後來不為了甚麼，只是為了發洩那股權力慾。就像在交男女朋友，一開始或許會覺得羞赧不敢開口，但得到一兩次方便後，之後很可能就不再只是為了方便，而是其他更不純粹的原因了。

有一次在飲料店打工時，夥伴被電話訂購的客人無理取鬧了，我第一個反應居然是：既然知道那個人的地址，就訂五十盒披薩去惡整他吧！

夥伴不可置信地看著我，我只是聳聳肩，然後打了通電話。

因為時間點太巧合，所以之後對方當然是打過來罵了，我接過電話，只是一個勁地裝傻，對方說要找警察，我也立刻出聲附和，最後他撂下一句狠話，便掛斷電話。我也掛上電話，微笑地對一旁吃驚的夥伴聳聳肩。

幾天後，那個人過來道歉了，我沒說甚麼，只是笑瞇瞇地接受，並拍了拍旁邊不知所措的搭檔，要他也對他微微鞠躬。旁人或許會以為對方終究發覺我是市長之子，但市長真的沒甚麼，這時搬出來也只會造成反效果。

事實上，那通電話我打去的並不是披薩店，而是「老大」那裡，老大立馬訂了五十盒披薩到那倒楣鬼的地址，一個小時之後，再打電話給同一家店，假裝地址報錯了，客氣地請人家把披薩送到老大的事務所，整起事件看起來就像無心之過。

但對方當然不會這麼想，因為時間點太巧合了，「老大」的地方和那個「弄錯」的地址完全不一樣，就算警察說是誤會一場，對方自然也會想要找人理論，甚至妄想能自己調查。最簡單的辦法，就是從披薩店套出最後送去的地址。

想當然爾，他到那裡只會看到一群道上的兄弟在那裡吃披薩。「老大」用不著和那個人正面接觸，沒有真正意義上的犯罪，甚至那群兄弟可能也沒犯過甚麼法，就是穿著黑衣服，用貼著紋身貼紙的粗壯手臂撕起一片片披薩而已。

覺得心動了嗎？這就是權力，不用額外流汗，只需要一點象徵、一點手腕，隨時都能得到想要的，就像黑幫電影中的教父一樣，擦擦手、摩摩下巴，一切都可以做得很優雅，「老大」給了人權力、更給了人尊敬。

而他從沒要求我做甚麼，他和我都知道我的價值在未來。

可是橋下那件事把我的步調打亂了，我認出了那幾個不良少年都是他的人，我不管那是甚麼原因，我也不管到底誰挑釁誰，反正今後必須樹立下一個規矩：別在學校打人，還有，這件事算他欠我的。

「那幾個人怎麼處置？」當我對他抗議時，他就惡作劇般這麼說著。

我可不想管那幾個人，如果這合乎他們的規矩，當作沒事也沒關係。但是，既然他們寄望我，就該幫我挽救這場選舉。

「怎麼救？」他聽了又露出一抹陰狠的微笑，我想他又會錯意了。

我看著地面，焦躁地踢著腳，一時也拿不定主意……那時我思索著，既然他們說我懦弱，挨不得棒子拳頭打，要挽回這個局勢就只有……槍！我喊了一聲：「我需要槍！」而且必須用實彈，不然那幫同學又要笑我大驚小怪。

他聽了一聲不吭，走回辦公桌前坐了下來，從抽屜裡抽出兩只手套，戴上後又打開另一格抽屜，小心拎起了一把槍，然後拿起清潔工具小心擦拭著，和老大交際就像這樣，不需要多說一句話，我知道那把槍是我的了。

「只問一句，政治世家的兒子到底需要一把槍做甚麼？」在清潔的過程中，他真的只說了這麼一句話，但我沒有回答他。

他也沒太在意，清潔結束後，又補了兩顆子彈進去，再遞給我兩只手套，等我戴上後才把槍交給我，槍很沉，我差點摔了下去，還好「老大」經驗老到地及時穩住我的手，為了掩飾不自主的微微發抖，我及時抽開了手。

他遲疑地看著我，輕聲卻凝重地問：「要試嗎？」

「不用。」我說著便要把槍收進口袋。

「等等。」他搖了搖頭，我以為他要反悔，只見他露出老練的微笑說著：「我不能讓你一離開這裡忽然就有了槍。」

我聽了用力清清喉嚨，只有菜鳥會以為這樣很威風，其實這只透露了自己的懦弱，但他沒戳破我，只讓我繼續說：「相信我。我必須做點調整，等到完成後，我會讓你交給手下，讓這把槍有個模稜兩可的來歷，但下次會是交給另一個人。」

於是我把槍收進背包，這次他沒再阻止我。

當下我就選擇讓李明輝來做，這沒太難，我觀察了很久，他一直是班上的邊緣人，而且他是個敢冒險的人，我不明白為什麼一個敢冒險的人居然成了一個團體裡的邊緣人，但托這個福，他正是這個計畫的最佳人選。

不過就算如此我還是說服了他很久，我告訴他經過這個事件後就可以重生，等他出獄後，我可以用鼓勵更生人的藉口把他塞進任何一個他想坐的位置，而且這永遠都是一個把柄，背後有著許多人都夢寐以求的利益。

沒錯，那以後就會是一個難纏的把柄，但我那時候甚麼都不管了。

最後我提議把彈匣全都弄成空包彈，讓他保留最後的決定，他才終於同意。

接著，就是一連串的作業。首先必須在夜深人靜時溜到講堂裡，布置好那兩顆彈頭，我還查了學校監視器的型號，主機儲存的內容每半個月覆蓋一次，因此代表行動就必須在布置彈頭完的半個月之後。

接著，就是拿走彈匣裡全部子彈的彈頭，拆下的彈頭都交還給老大，他親自清點過，所以我很確定李明輝沒有偷走。然後我又跟老大要了一只全滿的彈匣，取了兩顆子彈出來，取下彈頭後再填入空包彈彈匣。

彈頭還是還給「老大」，一顆都沒有少。

可是最後，那只少了兩發子彈的實彈彈匣還是無法派出場，事件發生後，我躲在廁所裡檢查實彈彈匣的每發子彈，彈頭都還在，子彈也沒少，我瘋狂地數過一遍又一遍，甚至，在午夜夢迴時驚醒，發現自己正在棉被裡數著子彈。

一顆都沒少，沒有一點差錯……可是張健志卻死了。

李明輝不可能拿到彈頭，每個地方的數量都是對的，我手上的彈匣裡沒少，講堂裡的彈頭也都還在，可是因為某種原因，憑空出現了一顆彈頭，就這樣莫名其妙地射向了張健志。

等風頭過去後，我去找「老大」，他已經改做飲料店老闆了。或許是怕被牽連，也或許是那件事以神祕的方式觸動了他。或許，當年那把槍走火時，射出的不僅僅是一發子彈而已，而是像一把霰彈槍一樣，霰彈忽然在我們之間炸了開來，誰也來不及躲避，較遠的人只受了一點小傷，但是較近的那些人：警官、老大、我，或者可以再加上李明輝和陳書華，我們的命運因為這發子彈而徹底轉變。

那發子彈到底怎麼來的？我這些年來想破了腦袋。

如果真的是因為我的某個差錯導致了張健志的死亡，還能痛痛快快地懺悔，但就是因為不明不白的，所以我的心情也一直處於不上不下的狀態，的確，如果不演這場戲，張健志就不會死了，但總要給我個明白的說法吧！子彈從哪來？究竟是怎麼死的？如果不能搞清楚這些，就算懺悔了，還是覺得有點不踏實，就像是還沒搞明白錯誤就讓人道歉一樣，這樣被道歉的人也不會滿意吧！

當然，隨著時間的推移，事情就會清楚很多，好幾個看似無關的齒輪各自轉動著，現在齒輪都就定位了，妳看出來整個結構到底是甚麼了嗎？

如果沒看出來也不要緊，時間終究會給妳答案。

現在之章Ⅱ　好人

「我要見你們的董事長！」葉世傑對著櫃檯人員大吼。

「先生，你再這樣我要叫保全了……」櫃檯人員面有難色。

「叫啊！去叫啊！」葉世傑兩手撐著檯面，一副要翻進櫃台的架式。櫃檯人員雖然不肯退讓，卻也不敢叫保全，只是不斷對葉世傑後方使眼色，希望某個能夠處理這種情況的人出現，同時也焦急地搜尋著保全的身影。

看他們侷促的神色，心裡或許正想著：保全去哪了呢？新來的那位也沒留下電話，根本連絡不到人啊……

「陳經理！」忽然櫃檯人員往一旁喊了聲，從表情看來似乎是鬆了口氣。

「誰來都一樣，我要找的是……」葉世傑轉過頭，卻把說到一半的話又吞了回去，驚愕地瞪大雙眼：「你怎麼……」

在他眼前的，是幾天前才見過面的陳書華。

「我想你總有一天也會找到這裡。」陳書華顯得異常平靜，走上前去搭著他的肩膀，帶著他轉過身，回過頭給櫃檯人員一個放心的眼神，櫃檯人員感激地頻頻點頭，然後陳書華帶著葉世傑一邊往大樓裡走，一邊小聲說：「跟我來吧！」

「很諷刺吧！學生時代不起眼的人，一下子就爬到兩個政治世家的頭上了。」陳書華按了一下電梯，退到葉世傑身旁等著，這時才敢用正常音量說話：「我現在也是在人家屋簷下做事，剛剛失禮了。」

「或許是監獄裡的勵志課程起了作用了吧！」葉世傑雖然收斂了剛剛激烈的情緒起伏，不過這話卻難掩其中的刻薄。

電梯到了，陳書華沒有回答，沉默地走了進去。

「我來替他做事，也沒特別不甘願。」陳書華語氣平緩的說著，和葉世傑起伏的情緒形成強烈對比：「我現在當公關部門的經理，不僅不需要負擔公司盈虧，每年還有筆固定款項可以自由使用，雖然是做公關的，不過也有點成就感。」

葉世傑閉口不語，顯然是對陳書華的冷靜生悶氣。

電梯停在一個樓層，陳書華按住開門鈕讓葉世傑先出去，其實只有兩個人要出電梯，他根本不必這麼做，但似乎從商場打滾中沾染到了那種氣息。

「老闆還沒回來，先到我辦公室坐。」陳書華伸出一隻手領路。

葉世傑白了他一眼，顯然是為了「老闆」這個詞。

不過葉世傑還是跟著走進辦公室，一打開門，就飄來了原木特有的香氣，葉世傑深吸了一口，瞇起眼睛笑了笑：「還在搞這些東西啊！」他轉過身，就看見門口兩側立著兩座精緻的山水木雕，整座辦公室透出古色古香的氣息。

「怎麼每個人都先注意到這些啊？」陳書華搖搖頭，淺淺一笑，看不出來是真笑還是苦笑：「害我哥都懷疑當年的立委選舉是故意選輸呢！」

葉世傑露出疑惑的眼神，略略偏過頭，但是壓住了到嘴邊的疑問。

「也難怪你剛剛這麼激動，你不知道的事可不少呢！」陳書華理解的微笑，拉了一張椅子要他坐下，自己也隨意拉了一張椅子相對而坐：「還記得那個五年兩個月的判決嗎？現在已經過了十五年，他出獄的這十年可沒閒著。」

坐定之後，葉世傑看著閒在一旁的豪華辦公桌椅，臉上浮現怪異的表情。

「那只是嚇唬人用了，既然是朋友就不需要這麼狐假虎威了。」陳書華搖了搖手，又回歸正題：「他出獄之後，我就立刻拉他到競選總部做事，不過其實對他不過像對其他更生人一樣，最多只是同學上的關心，你也知道我跟他不熟，而且我厭倦那種硬和人攀關係的做作，拉他來是爸爸的主意，所以在競選失利後自然就散了，之後也沒保持聯繫，直到五年後他才又找上我。」

陳書華比了暫停的手勢，椅子滑到一旁的食品櫃，先揀幾樣餅乾放進盤子，之後看著沖泡的小包裝，一時拿不定主意，便扭過頭來問：「咖啡還是茶？」

「給我白開水就好。」葉世傑略略點個頭充作致謝。

「厲害！」陳書華滑到一旁抽了兩個紙杯，又滑到飲水機前熟練地用單手裝兩杯水，最後右手夾了兩個水杯、左手端著點心盤便滑了回來：「我平常也只喝白開水。」陳書華伸出右手，讓葉世傑拿走其中一個杯子，然後把點心放到桌上。

葉世傑沒作聲，只是略略點了點頭，陳書華喝了一口水後繼續說：「等他來找我之後才知道，他這十五年來做的事可真不少，而且對一般人來說似乎也有點太多了，就好像訂過一個周密的計畫一樣，詳細地安排好他往後的人生。之前他被我拉來工作時，人事部那邊只安排給他文書類的雜活，這顯然低估他了，待在監獄的那五年裡，雖然沒能給他弄到漂亮的文憑，可是在監獄這種規律到有點枯燥的環境中，他吞下了更加枯燥的金融理論。」

「更可怕的還在後頭。」陳書華又喝了一口水，一臉崇敬地搖著頭：「他在我這邊只耽擱不到一個月，接下來將近十年的時間裡，花了五年成為知名創投公司最賺錢的員工，之後自己創了一家公司，在這五年間站穩並回過頭對自己的老東家反咬一口。雖然我有幸參與他後五年的計畫，但我必須誠實地說，如果沒有他精密的操盤投資布局……」

「事實上，聽到這些我完全不驚訝……」相較於陳書華的振奮，葉世傑顯得冷靜得有些不領情：「一方面我看過類似的事，另一方面，我就是看了這樣吹捧性的報導才會來到這裡。」

「抱歉。」陳書華有些難為情地低下頭：「我想你看的那篇專題就是我們公關部弄的，一時興奮下，就沒考慮到……」

「還記得張健志嗎？」葉世傑不留情地直接打斷他的話：「你的老戰友。」

「當然記得，這種事情不可能忘……」陳書華一臉沉重地說。

「雖然他曾經是我的對手，但改變我一生的人不可能被我忘記，而且我還清楚記得一件事。」葉世傑身體向前傾，注視陳書華的眼神滿是陰沉：「你難道沒有發覺，李明輝現在在做的事，其實就是十五年前張健志的夢想嗎？」

「『神之操盤手』的確是張健志當年的封號啊……」陳書華略為沉思：「難道是因為李明輝心裡有愧疚？」

「那蔡詩涵怎麼說？」葉世傑雖然壓低了聲音，但是看著他的眼神，似乎在內心深處壓抑住巨大的波濤：「或許是你們刻意壓住消息，不過就算現在媒體還不知道，我們也都曉得，現在的『董事長』夫人，就是十五年前張健志的女朋友！」

葉世傑最後一句幾乎是用吼的，陳書華只是愣地看著他，一下沒反應過來。

「喊這麼大聲做甚麼！」忽然，一個更憤怒的聲音隨著粗魯的開門聲傳了過來，葉世傑轉過頭，原本還傻愣著，等到終於看清是甚麼人時，便對闖入者怒目而視，而對方也沒想退讓，眼神中一樣充滿怒火，兩人就這樣瞪視了好一會兒。

闖入者就是李明輝，跟葉世傑在雜誌上看到的相片一模一樣。

「來這裡做甚麼？」李明輝先打斷這可能沒完沒了的對峙，大步走向被陳書華閒置的豪華辦公桌椅，盛氣凌人地坐了下來，並用身體把椅背往後壓幾下，雙腳蹬一下地擺上辦公桌，腳尖就在木製名牌「公關部經理——陳書華」的上方。

葉世傑沒被這排場鎮住，只輕輕地吐了一句話：「把我的人生給還回來。」

李明輝歪了歪頭，嘲諷地笑了笑：「你要我怎麼把你自己虛擲的人生還回去？」他又聳聳肩，看向陳書華，但陳書華顯然暫時不想選擇立場。

「告訴我真相。」葉世傑雖然沒被激怒，但他內心有某個部分無法被動搖。

「憑甚麼來找我要真相？」李明輝搖著椅背，蹬一下地又跳下辦公椅，俐落地在辦公椅旁落地又站穩，雙手插進長褲口袋，側身面對葉世傑，像個大老闆在打量著小職員一樣，接著輕蔑地哼了口氣。

「就憑著我被你毀掉的人生。」葉世傑一字一句平緩地說著，但他的咬字清晰又讓人覺得是在咬牙切齒，他們兩人相對立地站著，沉默了好一會兒，時間彷彿在這瞬間停止了。

「毀掉的人生？」李明輝打破了沉默，誇張地抬了抬眉毛，然後嗤地冷笑了一聲，接著歇斯底里地快速輕點著頭，有些激動地來回踱步，不時用拳頭敲擊著手掌，好一會兒才轉過頭，筆直地朝葉世傑走來。

李明輝大力喘著氣，就像老舊冷氣機的轟隆運轉聲。

「你……」李明輝顫抖地指著葉世傑，一下子說不上話來，他用前臂掩著嘴乾咳了幾聲，又顫抖地指著葉世傑，最後在他面前舞著拳頭大吼，像隔著空氣對葉世傑狂毆：「你這是在陰鬱個甚麼勁啊！」

「人是我殺的……槍是我開的……更何況最後去蹲苦窯的也不是你！」李明輝邊說著邊對著空氣拳打腳踢，像是要驅走某個晦氣的靈體。

「可是你讓所有人以為我是兇手！」葉世傑不甘示弱地吼了回去。

「兇手難道不是你嗎？」李明輝又往前走幾步，現在他和葉世傑只有一兩步的距離，他對葉世傑又指了指，葉世傑只是倔強地盯著他的雙眼，李明輝搖了搖頭，放下手指又對旁邊的空氣拳打腳踢：「那個害我坐牢，害死張健志的人，不正是你嗎？你有你的無罪判決，有你的大好人生，你還要甚麼？難道你把人生丟掉，就想要回過頭來搶走我辛苦挽回的人生嗎？……都搶走過一次了還想怎樣？」

「我想做個好人！」葉世傑大吼著往前一步，讓原本狹窄的空間所剩無幾。

「你還不明白嗎？」李明輝轉身往後走，走到一半又轉過頭，瞪視著葉世傑，表情顯得殘酷，臉上的肌肉顫抖著，像野獸般咬著牙悶吼道：「不論真相如何，你都不會是個好人！」

陳書華送葉世傑走出辦公室，經過剛剛的長廊走向電梯。他不發一語地按了下樓鍵，等電梯到達，以及電梯下到一樓大廳的期間，兩人始終閉口不言。葉世傑偶爾輕踏著左腳，表現出無所謂的樣子。

他心裡卻是在盤算著，陳書華到底知道多少。

「其實我早就知道了。」在幫葉世傑按住電梯門的同時，陳書華首先打破了沉默：「在他找我做公關部經理的時候，就已經全告訴我了。」

「雖然聽起來很不負責任，」或許陳書華沒預計葉世傑會回話，所以聽見葉世傑的聲音時，露出了驚訝的神情，葉世傑則毫不在意，繼續原本的話：「十五年前，我真的沒料到那個計畫會害死張健志。」

葉世傑說完停在電梯口，似乎在等著甚麼，不過又很快擺出無所謂的表情。

「我相信你。」陳書華上前拍了拍他的肩，讓他先走出去。

「我其實剛剛有個想法……」葉世傑轉過身，雖然他已經走出電梯，但這樣的位置剛好擋住陳書華的出路，不過葉世傑只是專心地斟酌著他接下來要說的話，過了很久才深吸一口氣，接著說：「蔡詩涵是怎麼跟李明輝走到一起的？」

「你懷疑她？」陳書華不可置信地抬高眉毛。

葉世傑卻一副公事公辦的口吻說：「這十五年來我沒放棄過任何一種猜測。」

「好吧！如果這樣能讓你停止猜疑的話……」陳書華嘆口氣，把手搭在葉世傑肩上，順勢把他帶到一邊，好讓自己可以走出電梯外，他們倆就在電梯口旁停下：「以動機來說，蔡詩涵關心真相的程度可能僅次張健志的家人……還有你。所以事件發生後，蔡詩涵就不斷主動接觸李明輝，當初是想確認動機，後來警方公布調查方向後，她又想從李明輝那裡得到你的消息，甚至在判刑確定後，有時也會去獄中探望他，我想就是因為這樣才讓他們倆走在一起的吧！」

「這是專題報導的內容，」葉世傑刻薄地回道：「那實際情形呢？」

陳書華搖搖頭，看了看四周，決定把葉世傑帶往建築物外頭：「實際情形你叫我怎麼知道？或許蔡詩涵根本不愛他，或許結婚是為了復仇，或許她床頭總是帶著一把刀……可是，這些事情我怎麼可能知道呢？」

「我只想知道，蔡詩涵在十五年前有沒有殺張健志的動機？」說著的同時他們路過大廳的櫃檯，櫃台人員不可置信地偏過頭，陳書華只能尷尬地揮手微笑。

「你也知道，他們當時處得不錯。」陳書華明顯壓低了聲音：「我想，最該懷疑的應該還是提供你槍枝的那個人吧！說不定那把槍有甚麼機關，那時我們都只是剛成年的大學生，說甚麼還是那些世故的人比較可疑吧？」

「我已經問了十五年……」他們走出了大樓：「不過或許我該繼續問下去。」

「你已經問了十五年了。」一名肩膀厚實的中年男子這麼說著，然後轉過身倒了一杯飲料，沒有封套就直接拿給葉世傑：「如果你每次來都有付飲料錢，那些錢已經夠我買一台送貨的摩托車了。」

葉世傑沒說話，也沒要付錢的意思，直接拿起飲料便大口喝了起來。

「唉！真拿你沒辦法。」中年男子嘆了口氣：「你老是往這邊跑，警察十五年來卻沒查到這裡，也可以說是一種奇蹟啊！」

「我每天午餐都吃同一家快餐，他們的老闆不也好好的……」

「就快查到這裡了，」男子忽然陰鬱起來：「我已經有心理準備。」

「怎麼了？」葉世傑疑惑地瞟了他一眼。

男子用毛巾擦了擦額頭：「這一行做久了，第六感總是有的。」

「你不是洗手不幹了？」葉世傑嗤地冷笑一聲，蠻不在乎地又呑了口飲料。

「或許還洗得不夠乾淨，或許腥味還在。」男子下意識地擦了擦手。

「我今天不是來聽你老生常談的。」葉世傑不耐煩地放下杯子，雙眼直視著男子：「十五年前的那把槍，在我之前你借過了哪些人？」

「為什麼這麼問？」男子顯然有些驚訝。

「這十五年來我把身邊的人懷疑過一輪了。」葉世傑又拿起飲料呑了一口，略顯煩躁地揉著太陽穴：「我在想，會不會是我不認識的人？」

男子這時眼色忽然淩厲起來：「除非我死了，否則不會給你名單。」

「為什麼？」葉世傑瞪著眼睛問。

「我的槍殺了人，還好我懂點法律，知道這不是無期徒刑就是死刑。」男子陰冷地笑了笑，只有在這種情況才會讓人想起他以前幹過黑社會：「你要是最後拿著我的資料當證據，豈不是反過來害到我？」

「我沒想要當證據，至少不是法庭上的那種。」葉世傑一點都不畏懼那樣的神情：「而且都十五年了，直接的證據能留下多少，法律不會憑一張黑道老大的名單就入人於罪，如果有必要，我會親手解決它，不會拖累無辜的人。」

「就像十五年前的那個大計畫？」男子嘲諷地歪了下嘴角。

「別岔開話題，到底給還是不給？」葉世傑挑釁地向前走一步。

場面忽然變得尷尬，其實根本不需要堅持甚麼，兩個人卻為了稱面子而維持著自己的怒火。這種火來得莫名其妙，卻未必會為了莫名其妙的理由就消失。兩人就這樣對視著，等著其中一個人放下，或是怒火終於爆發。

「要不是十五年前發生那樣的事，我真的會把你給掐死。」男子嘆了口氣，把毛巾甩在桌上，雖然發出了巨大的聲響，卻沒甚麼威脅性，最明顯的證據是，他臉上的怒火和陰狠都消失了，取而代之的是疑惑：「你拿了名單要做甚麼？」

「找出該負責的那個人。」葉世傑雖然不再激動，但他的冷靜就等於冰冷。

「怎麼找？」男子一副不信任他的樣子。

「沒怎麼，就一個一個問。」葉世傑原來想這麼結束，但想想覺得不太好，畢竟對方還沒答應要幫忙，應該設法安撫一下，便又繼續說了下去：「或許當中有個人在槍裡布置了機關，本來打算之後再拿來騙人，而你卻借給了我。」

「你是在懷疑我嗎？」男子語氣中不帶憤怒，反而帶點調侃，要是在幾年前，至少這幾個小區的小混混，都會被這樣的語氣嚇到雙腿癱軟。

「如果是這樣的話，我會當那是意外，這樣就沒有人需要死。」葉世傑忽略那個微妙的表情，把視線轉向道路的一頭，眼神看來不像只是在討好他：「畢竟煩了你這麼多年，也算朋友一場，就算真的是你我也不相信了。」

「該把它當作讚美嗎？」男子似笑非笑地說著。

「隨你吧！」葉世傑一副無所謂的樣子：「如果這能讓我換到名單的話。」

「還是不能給你。」男子很快地又轉為冷淡。

「為什麼？」葉世傑也收起溫情，驚訝又帶點挑釁地瞪向他。

「因為我知道你會做甚麼。」男子只簡短地說了這麼一句。

「是你兄弟嗎？」葉世傑看著他緋緊的臉色，但又理解似地嘆了口氣，放下挑釁後搖搖頭：「如果是你兄弟，那我也當作意外處理……」

不過葉世傑又察覺到不對勁，收住了話音，仔細觀察著男子的表情，他從剛開始便緋緊了臉，雖然想做其他事掩飾，卻只是欲蓋彌彰，葉世傑臉色也變了，壓低聲音問：「難道你已經知道了？」

「只是一些猜測。」男子陰沉著一張臉，聲音低沉又遙遠，像火車在遠方隆隆作響：「不過已經足夠讓你去殺人。」

「甚麼時候變得這麼有慈悲心了？」葉世傑又戴上陰冷的面具。

「冷靜點，事情還沒確定之前，每個人都是無辜的……」

「那他們想過我有可能是無辜的嗎？」葉世傑忽然往後退一步，雙眼泛著淚光，嘴巴張得老大，卻不敢吼出聲，只能聽見悶沉如野獸般的低吼：「十五年前檢察官還不是憑著猜測就定了我的罪？該死的群眾還不是藉著輿論把我判了死刑？就算父親雇了最好的律師，讓我獲得無罪判決，他心裡還不是想著：幹得好啊兒子！年紀輕輕就學會怎麼讓政敵永遠閉上嘴了啊！」

葉世傑在低吼時，男子始終冷靜地看著他，等他自己安靜下來，才緩緩吐了一口氣，平穩地像在自言自語：「怕你忘記就再提醒一次，要不是因為發生那樣的事，不然我真的會把你掐死。」

葉世傑沒說話，只是慢慢地把氣給順過來。

「不過我答應你一件事。」男子一字一句地慢慢說著，像臨終病人在交代遺言：「如果有一天我死了，代表我的猜測是對的，那時候你再來找我，我保證，我會想辦法讓你知道答案。」

「你這是在教唆殺人。」葉世傑還在喘著氣，不過臉上卻浮現出怪異的笑容：「今天已經第二次提到死亡和真相的對價關係了，這分明是在引誘我親自動手。」

「至少我有很高的機率會死得比你早。」男子只是輕鬆地笑笑。

「不過如果你自然死亡的話，那些猜測也就一無是處了吧！」葉世傑又投給他一個詭異的笑容。

「那我還真希望它一無是處啊！」剛剛緊張的氣氛一下便瓦解了。

葉世傑把紙杯揉成一團，扔進一旁的紙類回收桶，十五年來他們都是這麼結束的，不過有一點不同，葉世傑要臨走時，忽然偏過頭，側著身子問道：「你不掐死我，是因為心裡有愧疚嗎？」

「不是。」男子很快地回答，但是想了好一會兒才找到替代的理由：「或許跟你一樣，我只想做個好人。」

劉警官待在暗處，看著葉世傑把紙杯揉成一團丟進一旁的紙類回收桶，要臨走時又停了下來，似乎是說了幾句裝酷的話，然後才離開飲料店。劉警官等了好一會兒，最後決定走上前去。

電視機發出巨大大的聲響，在人類頭頂上方居高臨下。

葉世傑心不在焉。他一直都表現得如此，現在也是，只不過又有些微不同，過去他心不在焉，是因為他本身就是空無，他的心早已屬於另一個世界。而他現在雖然心不在此，卻只是飄到某個角落，終究還是在這個世界中。

復仇。

他的心回來這個世界，是為了復仇的，儘管基度山伯爵不同意，但他如果要復仇，就必須把心給找回來，不能繼續當個行屍走肉，無論飄盪到哪裡，那顆心從現在開始都必須得重新搏動。

葉世傑此刻坐在快餐店吃著晚餐，這是在幾年前就決定好的，就像是宿命，每個人的命運，不管願不願意，或多或少都已經決定了，他已經順從這個神祕的旨意十五年了，現在只乞求能有一些改變。

他看著電視，可是腦海沒閃過半點電視的內容，只是學著人家邊看著電視邊扒飯，像一種宗教儀式，而他的心裡卻正思考其他事情……忽然，一道黑影出現在前方，打斷了他的思路。

「在吃飯？」劉警官不懷好意地對他笑了笑。

「你說過不再打擾我了。」葉世傑忽略那句毫無意義的客套話。

「或許我忘了提醒你，」劉警官坐了下來：「前提是在真相出來之前。」

「你一直都知道真相，」葉世傑嘲諷地笑了笑：「我以為你深信不疑。」

「老大死了。」劉警官若無其事地扒了一口飯，這時葉世傑才意識到他剛剛也端了餐盤過來，本來只見到他的人，沒見到他手上拿了甚麼，這下葉世傑鬆了口氣，至少他也有一個可以讓自己分心的東西。

「誰？」葉世傑忽然想到剛剛他說的那句話，臉上一下閃過不安的神色。

「抱歉。」劉警官拿起預先折好的面紙擦擦嘴，眼神充滿狡黠：「我不知道該怎麼稱呼那個人，但我保證這是最好的一個。」

「你做的？」葉世傑低下頭，玩弄著餐盤裡的食物。

「也可能是你。」就算低著頭，他還是可以感受到劉警官忽然迫近的身影，感覺就像他在頭頂上吹氣，或許真的是在吹氣，葉世傑決定暫時不抬起頭：「我聽過一個有趣的故事，使我不得不這麼相信。」

「或許有一天我會殺了他，但原因不是你想的那樣。」葉世傑用指尖抵住筷子，讓它立在餐盤上，似乎想到了那個約定，一時之間拿不定主意，過了好一會兒才又開口：「他說了甚麼？」

「他要我告訴你別輕舉妄動，我不明白那是甚麼意思。」葉世傑抬起頭，在他眼前是一對飢渴的眼珠子：「輕舉妄動？下個目標會是誰？是李明輝嗎？我想老大是要我告訴你，既然連他都曝光了，你也不會有好日子過。」

「那只是你自己的妄想吧……」葉世傑冷冷地又低下頭：「他沒反抗吧！」

劉警官哼了一聲：「他沒資格反抗，十五年前他就該被判死刑了。」

「你沒有證據。」葉世傑的話音裡帶點違抗。

「那只能說他的確比你有骨氣。」葉世傑可以聽見他又扒了一口飯。

「等事情結束後，我會去面對我的罪。」葉世傑抬起頭，直直地望進眼前的那對眼珠子：「而你也應該去面對你的。」

「我唯一的錯，就是沒堅信十五年前的自己是對的。」劉警官迎上他的眼神。

「你錯了，十五年前你猜錯了，是你讓那個兇手舒舒服服過了這十五年的。」葉世傑深吸一口氣，緩緩地吐出接下來的話：「如果你說的是真的，代表老大認為你是無罪的，那我們就是追尋真相的同路人。」

「我可不喜歡當你的同路人。」劉警官諷刺地笑笑。

葉世傑走近鋪著紅桌布的諮詢處，雖然這裡不是公司大樓櫃檯，但提供諮詢的，仍舊是上次葉世傑在大廳遇見的那幾個櫃台人員，或許是因為這次公司的大型活動而受徵召的吧！他們顯然面有難色，和會場入口的歡樂氣氛形成對比。

「您有受到邀請嗎？」對方小心翼翼地問，大概是忘不了那天的情景。

「顯然沒有，但身為貴公司的客戶應該有這點權利吧！」葉世傑用尊貴又帶點親切的語氣說著，彷彿從沒和對方見過面，之前那個鬧事者只是另一個人，今天葉世傑還刻意穿了正裝，沒想到一開始就被認了出來。

「您……」對方顯然被搞糊塗了，似乎也懷疑起自己的記憶。

「你在這裡做甚麼？」陳書華這時走了過來，身為公關部門的他也負責招待，雖然眼裡明顯透露出擔憂，但還是笑著對櫃台人員打手勢，然後湊到葉世傑耳邊，壓低聲音說著：「沒受邀就不能進去，別讓我難做人啊！」

「我以為客戶都有權利了解他所信任的公司呢！」葉世傑故作不解地皺眉：「為了這一天……不，應該是說我長期以來就信任貴公司，所以昨天購買了你們所提供的投資產品……為了這個，我可是忍氣吞聲地動用父親給我的錢呢！」

「你……」陳書華一時講不出話來，最後嘆了口氣：「好吧！但你別惹事。」

「當然。」葉世傑說著便走進入口，忽然鈴聲大作。

「金屬感測器。」陳書華無奈地搖搖頭：「你沒帶甚麼吧！」

「如果腳上打了鋼釘，不會就不讓進去吧？」葉世傑露出作弄人的微笑。

「我們會手動搜身。」陳書華又嘆了口氣，示意旁邊的人過來。

「開玩笑的。」在旁人來得及碰到他之前，葉世傑就掏出一只懷錶放進盒裡，輕快地走過那扇門，這次警鈴沒響。而他又搶在陳書華出聲前，迅速取走盒裡的懷錶，做了個鬼臉便轉身進入會場。

陳書華再次嘆了口氣。

進入會場後，如果仔細研究他們三個人現在所坐的位置，就會讓人感到不寒而慄。基本上是隨意入座，可是相對位置卻自然而然地呈現這樣的形態，而且這一切也並非巧合。首先，這座演講廳只有兩扇門，都在最後頭。

李明輝是這家公司的董事長，理應坐在第一排，而他選擇面向講台最右方的座位；葉世傑一進到會場就坐到他後面，而李明輝直到研討會開始才發覺，這時又不方便再換座位；而陳書華在會議開始後，便神情緊張地坐在葉世傑旁邊。

接下來會發生甚麼事，彷彿就像宿命已經決定好了一樣。

一聲槍響。

葉世傑舉起手槍，眼神滿是堅決。研討會開始前就有耳語傳開，擅闖會場的這個人是董事長的死敵，所以一聽到槍響大家也沒多想，只是預期的事情終於發生了，現在只管著往唯二的兩個後門逃去，就像當年一樣。

陳書華沒跑，他先是發愣了一下，然後才忽然撲到葉世傑身上，將他按到牆邊，就像那時的葉世傑，而槍響過後，眼前還有一個人……

「你想做甚麼？」李明輝也沒跑，只是氣憤地轉過身。

大家擠在門口，探頭探腦地看著這一幕。

「你沒跑。」葉世傑笑了笑：「就代表你想和我們重溫舊夢囉！」

「該死！」李明輝罵了一聲：「他會壓住你的。」

「我十五年來練的臂力可不是練假的。」陳書華雖然按住他持槍的手，葉世傑卻從容地讓前臂的肌肉緩緩隆起，他閒適的神情和陳書華發青的臉色形成強烈對比：「十五年來，我一直等著這一天。」

「該死！」李明輝又罵了一聲，手足無措了好一會兒，似乎不知道該不該或者究竟要如何幫助陳書華：「該死！保安會在你掙脫之前就過來的……保安！」李明輝略略扭過頭喊了一聲，可是門口那邊沒有動靜。

「就算來也於事無補，在他們到達的時候，我會用跟十五年前相同的方法復仇。」葉世傑沒看李明輝，也沒看陳書華，只是從容地倚在牆上，像是在等待，彷彿他比任何人都想要保安過來。

「該死！」李明輝又罵了一聲，慢慢往旁邊退，最後有些狼狽地往後面的出口跑了起來：「陳經理會沒事的，那個瘋子的目標是我！」

「你的手鬆了。」葉世傑懶洋洋地說著：「難道你要我開槍打死他嗎？」

「別鬧事！」陳書華瞪了他一眼：「就算他是兇手我也不會讓你下手。」

「別裝了，兇手就是你。」葉世傑沒特別激動，甚至帶點漠然，雙眼瞪視著陳書華，但不知道是眼淚還是其他原因，眼前的景像忽然變得有些模糊，但葉世傑還是接著說下去：「一直都是你。」

一直都是他。「老大」雖然要我別輕舉妄動，但他還是留了名單給我，陳書華在我之前借了同一把手槍，之後還回來時少了兩顆子彈，而且，橋下那件事也是陳書華要「老大」派人這麼做的。「老大」說，陳書華早預料到了我的下一步。

或許是為了勢力平衡，老大同時也跟陳書華合作，而且怕我不高興，所以一直沒跟我說，雖然我現在知道了，不過陳書華應該更早，或許陳書華是因為知道了這層關係，才會同意跟「老大」合作。

陳書華把葉世傑持槍的手壓得更緊了，指尖順勢按上槍管，但他卻嚇得差點鬆開手：「木槍？所以金屬探測器……」

「沒錯，就是木槍。」葉世傑冷冷地打斷他。

只要有同樣的槍和子彈，陳書華就可以製造出相同彈道的彈頭，可是如果這個彈頭在別的槍體中發射，會因為新的膛線而毀壞原本的彈道，鑑識科便不會認定是同一把槍開的火，原本的複製便失去意義。

除非是木槍。

木頭的質地比彈頭軟，高速旋轉下不會留下刻痕，也就可以保有原本的彈道，而製造一把木槍並不難，陳書華只要有原型，就可以製造出一模一樣的東西。

真相到此就呼之欲出了，十五年前陳書華躲在人群裡，老早知道假槍案的祕密，或許他原本的目標是我，可是出現了變卦，張健志站在那裡，又傳來了一聲槍響，陳書華便扣下扳機。或許做過消音處理，不過實情已經不得而知了，相信那把槍在案發後就在世界上永遠消失了，之所以說這麼多或許，是因為我和劉警官不同，我懂得承認那些是猜測。

不過有一點是確定的，陳書華沒有借刀殺人，他親手殺死了張健志。

「你還真下得了手啊……」葉世傑用意外平緩的語氣低聲說著。

「那不是你的信念嗎？人生就是要操盤嘛……保安！」陳書華小聲應了幾句後忽然大吼，雖然語氣聽來十分焦急，但其他人看不見的那半邊表情卻是陰狠的微笑：「你撐不了多久了，你會和你的真相一起進到墳墓裡。」

「你以為叫個保安就能讓我死了嗎？」葉世傑的臉色仍舊十分平和。

這時門口忽然傳來小跑步聲，而且還伴隨著規律而沉悶的金屬撞擊聲，陳書華突然鬆開手，葉世傑因為失去支撐而踉蹌了幾步，等他站定後，發現他手上的槍正指著陳書華，而陳書華背對著門口的群眾向他微笑。

「我原本安排了兩個人的死亡，如果最後只有一個人死，也不壞。」陳書華緩緩地舉起雙手，臉上還是那副猙獰的笑容，越過他的背可以隱約看見保安的身影：「你該不會連子彈也是木頭做的吧！」

「已經夠把你送進地獄了。」葉世傑用低到快聽不見的聲音說。

兩聲槍響。

陳書華的襯衫在胸口處染成一片紅色，他緊張地翻了翻，上面沒有出現任何洞口，他看著葉世傑舉槍的手，鬆了一口氣，可是又很快轉為驚訝：「水槍？」

其中一聲槍響，是從葉世傑的袖口傳來的，如果仔細看的話，會發現那裡藏著一只懷錶，不過那已經不再是懷錶了，翻開蓋子後，就是一個小型喇叭，剛剛就是從那裡放出了槍聲音效。

不過葉世傑依然直挺挺地站在那裡，表情沒有絲毫變化。

不對勁……陳書華忽然痛得皺起眉頭，彎腰讓右手好探到背後，當右手再度伸到前面來時，上面已經裹了一層鮮紅的液體，漸漸在指尖凝成液滴滴落，他的雙眼忽然失了神，跌坐到最近的椅子上，緩緩地轉過頭。

第二聲槍響便來自那裡，駐衛警抬頭挺胸站直，頭髮雖然灰白，腳步雖然略顯蹣跚，可是身材十分精實，正擺著標準持槍姿勢，像一個上了年紀卻依然活躍的海盜船長……那不是隨便一位駐衛警，而是和他們糾葛了十五年的劉警官。

「為什麼……」陳書華看著劉警官剛毅的神情，又轉過頭來看向葉世傑。

光是從「老大」那裡得來的證據還不能定他的罪，他臨終時曾這麼囑託過。

雖然陳書華的表情幾乎已經等於認罪，但是這次行動之前，我們必須有充分的信心確定他是兇手。因此我詢問了劉警官的意見，他告訴我更進一步的證據，也就是走火事件在十五年後再次掀起波瀾的原因。

劉警官本來打算就此放過我，在他決定前往早餐店的時候，就決定向我示好，看了我的反應，也答應再也不打擾我，可是在離開的時候徹底轉變。這是因為在他離開的時候，遇上了不可預期的事情。

那就是緊接著來早餐店的陳書華，陳書華告訴他十五年前的那場騙局，激起了他的怒火，告訴他兇手就是我，還說出了自己的計畫。接著，陳書華若無其事地走進早餐店，試圖勾起我過去的回憶。

後來老闆回來了，我罕見地向他提起十五年前的事，老闆也立刻聯想到那本雜誌，根據劉警官的說法，那是陳書華在一個月前刻意放進信箱的，本來想讓老闆對我主動提起，可是最後陳書華不得不親自接起這條鎖鏈。

看了那本雜誌後，自然就會去他們的公司，他巧妙地喚起我的回憶，也不著痕跡地煽動我的怒火，最後，他趁勢給了一個建議：去找槍枝的提供者吧！

同時，他讓警官跟蹤我，結果十五年都沒找到的人一下子被殺死了，或許他是想讓我的怒火更強烈，或許是想讓我和警官因為仇恨而不再見面，也或許是他知道「老大」發現了，沒想到「老大」還袒護了他許多年。

總之，他精心安排的計畫，就是為了把我帶到那裡，他想讓我對李明輝開槍，然後又告訴警官，這樣警官就有正當的理由可以殺死我，而且他還諂媚地對劉警官說，以他的槍法，一定可以在李明輝中槍前就把我打死。

不過陳書華根本不是這麼想，十五年後他早已對我失去興趣了，他之所以把我牽涉其中，是為了要解決李明輝，警官和我只是他的魁儡。李明輝雖然身為創投公司的董事長，但這不是因為他持有最大的股份，實際上創投公司的持股相當分散，李明輝會當上董事長只是因為他懂得操盤，可以帶給股東最大利益。而假如李明輝死了，能帶給他們最大利益的將會是公關部的陳書華，一方面他在政商界都有人脈，另一方面，恐怕他在蟄伏公關部的這五年間，已經利用每年可以不計盈虧使用的大筆預算打點好一切，讓他可以順利當選董事長。

總之，在遇見劉警官後，他將劉警官以「董事長恩人」特聘為公司的駐衛警，表面上說是公關，其實是為了這個計畫，而計畫的鎖鏈也一個個接了起來。

更重要的是，我們也各自為他準備好犯案的條件：我為了復仇，常年訓練右臂，這樣就可以掙脫壓制我的人；而劉警官為了殺我，十五年來刻意在射擊成績上作假，這樣如果開槍射中要害的話也可以主張為過失。

可是他沒料到，警官恨的不是我，是十五年前改變我們命運的那個人。

葉世傑走上前去，臉上沒激動的情緒，只是緩緩蹲低，遠看就像是要關心傷勢，可是話語裡卻不是這麼回事：「大家都知道我沒有殺你的動機，駐衛警也是你自己聘的，所以只能是個意外吧！我拿不到真槍，只能拿一把水槍進來鬧場，你為了保護董事長，而警官也是為了保護董事長，結果出了意外，一個好人誤殺了一個好人……十五年前我只是不知道你在操盤，要是知道，你就別想玩過我。謝謝你，為我安排了一場完美犯罪。」

警官在遠處吼一聲，葉世傑緩緩站了起來，面無表情地舉起手，水槍就扔在腳邊，警官舉著槍，命令葉世傑趴到牆上，然後蹲到陳書華身旁，他已經沒了鼻息，警官的嘴角略微抽動一下，然後喊著遠處的人去叫救護車。

「我可不喜歡當你的同路人。」朦朧中，警官丟下了這句話。

葉世傑不知道就這樣趴在牆上趴了多久，一切都顯得不真實，他記得昨晚才又順過了喇叭和水槍的機關，手中還留有那些道具的實感，但為什麼陳書華的臉孔變得如此模糊呢？他甚至不確定陳書華是以怎樣的表情和他說話，大概原先是得意，之後又變得懊悔吧！那葉世傑自己又是怎麼想呢？一切都好像是夢一樣，就像十五年前的那個夜晚，他回想起自己被送進醫院，他想起在身旁陪伴的父親，他想起之後記者會的鎂光燈，一切都如跑馬燈般快速呈現在眼前。

那天晚上，事件的其他關係人，陳書華、劉劍英、李明輝、蔡詩涵、兩位大家長，還有其他葉世傑不知道的關係人，這些人究竟是怎麼度過那個晚上的？就算是事件的兇手，那個晚上也是相當漫長的吧！

「惡夢要結束了……」葉世傑呢喃著，然後發現自己竟流下了一滴淚。

第三部　機關算盡

過去之章III　孤獨的守望者

「為什麼不救我！」那位同學叫周偉勝，到他出院已經是事件發生的一個禮拜後，葉世傑見死不救的事早已在班上傳開來，雖然一週的時間足以讓這個話題在班上顯得過時，但畢竟是周偉勝住院後第一天上課，也引起了許多人圍觀。

葉世傑被推了一下後只是靜默不語，一點也不打算說出報警的事。

「你老爸不是市長嗎？你在班上不是挺威風的嗎？」周偉勝又推了他兩下：「怎樣？遇到混混就縮了？還是你想說我被打死就算了？」

的確這麼想過，但葉世傑沒說出口。

「怎麼了？」張健志拍一下正冷眼看著這一切的陳書華，陳書華的眼神游移了一下，看見張健志正銳利地盯著他，但在陳書華回頭後又很快收斂神色，裝作不在乎地繼續問：「葉世傑又出了甚麼亂子？」

「一樣，就上禮拜那件事。」陳書華也裝作不在乎地回答，從上禮拜開始，張健志就不時地這樣盯著他。

上禮拜陳書華還曾裝傻地問過張健志幾次：「不會也是你安排的吧？」

「我不會做這麼愚蠢的事。」一向輕浮的張健志，那時卻顯得異常嚴肅：「我們現在占上風，如果把對方逼到山窮水盡，不知會發生甚麼事情，與其置之死地而後生，不如就持續給他們一點希望，讓他們就這樣自己腐朽，還比較輕鬆。」

我想到了，我都想到了。那時陳書華興奮地這麼想，他開始相信大哥和二姊的說法，如果沒意外的話，父親和榮叔也是這麼想的，他不是不會，反而只要下定決心，就會一鳴驚人。

他那天守在附近的建築裡拍下了那一幕，畫面錄進了葉世傑，也錄進了混混霸凌周偉勝的畫面。他事先要混混在看到葉世傑經過時抬起周偉勝的頭，但假如時機還是不對，周偉勝當不了人證，他也能把影片寄給媒體，達到相同效果。

現在有了人證，不過這段影片也沒因此失去價值，反而升值了不少。

之後葉世傑會被逼進絕路，如果這時按劇本去找了那把槍，如果他自導自演了那個計畫，或許之後能威風一段時間，但之後這段影片就能派上用場，只要影射他是因為這個原因自導自演這個計畫，縱使沒有證據，也能挫他的銳氣。

更重要的還在後頭，那段影片拍下了混混的臉，這樣親陳家的媒體和政治人物就可以對警方下指導棋，如果查出混混的上層就是槍的來源，這樣葉家和黑道的關係就更明確，如果查不到，就更體現出葉家偵辦黑道的不力又或是心虛。

而老大那邊也不能拿他怎樣，雖然時間點巧合，陳家又是最大受益者，但沒有證據，就算江湖不需要證據，既然陳家是最大受益者，市長自然是囊中之物，老大就算不服也得敬畏三分。或許還會對陳家搖尾乞憐，但陳書華知道父親是不可能和他們起舞的，甚至他最討厭的就是黑道，上任後肯定不會像葉世傑的父親那樣，對黑道軟弱無力，而是大力整肅他們，而且陳書華還給了父親一個好理由，那就是之後會上場的黑槍。陳書華心底禁不住得意，讚嘆起自己的完美布局。

除了葉家，還需要趁這個時勢也把黑道除掉，陳家才不會有後顧之憂。

眼前的葉世傑，一臉心死地盯著周偉勝，很像他之後十五年一直維持的那個表情，但那時候還沒出人命，所以還是有一點點不同。他就這樣盯著，沒有辯駁，也沒有藉口，和陳書華預想的不太一樣，不過這也夠了。

「不過這件事情居然沒上新聞哪！」事件過了一週，雖然陳書華沒有匿名透漏任何消息給媒體，但現在處於打倒葉家的氛圍，班上總會有幾個好事之徒匿名舉報，外界完全不知道這個消息幾乎是不可能的：「該不會是你把它蓋下了吧！」

「我才沒這麼神通廣大。」張健志又瞥了一眼葉世傑，才轉身走回座位。

的確，張健志最多也只能做到匿名舉報的程度，要讓各家媒體放棄這麼寶貴的消息，眼下望去能做到的也只有榮叔，或許張健志請他幫忙，又或者榮叔自己也有著不能讓對手山窮水盡的心法，所以主動去做了這件事。

「你覺得我們應不應該去勸架？」陳書華湊上前去，淘氣地問道。

「勸架只會讓葉世傑多想，這種基本常識你也應該有的吧！」張健志斜了他一眼，伴隨一段意味不明的停頓，最後才又往座位走去。

「該有的。」陳書華是刻意讓他懷疑，因為這本來就是為他表演的一場戲。

「怎麼這麼晚回家？」二姊對晚歸的陳書華抱怨，最近陳書華已經習慣吃過晚飯才回來，其實也不是習慣，他最近都在跟蹤葉世傑，雖然據他的觀察，那把槍最有可能會交給李明輝，但他還是不敢鬆懈，而且也不能請他的新朋友支援。

「媽不是也還沒回來嗎？」陳書華撒嬌道，這是他最近才學會的應對方式。

「媽整天就擔心著不加班會讓全家餓死，而且你最近也快要追上她了。」二姊拍了下陳書華的頭，雖然仍舊不習慣，但家人似乎都極力掩飾著，畢竟這才是正常家庭該有的狀態，深怕如果不小心露出疏離的表情，一切又會回到原點。

「好好好……」陳書華應付地說，就要往房間走，雖然他現在已經不像以前那麼貪戀那間房間了，但總歸還是自己的房間，只是最近他正考慮著把房裡的木雕撤除，又或者也可以留下來，畢竟這次系學會長選舉就是靠它們打知名度的。

「等一下。」二姊忽然拉住正往走廊走去的陳書華，接著示意他探出頭，然後壓低聲音說：「榮叔和爸在書房裡不知道談甚麼，那是他第一次在我們家待那麼久，你大哥在那邊偷聽，等等你看到別喊，如果要聽也別嚇著他。」

陳書華往走廊探過去，大哥的確正以極滑稽的姿勢貼上其中一面牆，門下透出微光，大哥屏氣凝神，而陳書華也以極緩慢的速度走著，不是害怕吵到書房裡面的人，而是他不確定自己將面對到甚麼。

大哥意識到了陳書華，便小心翼翼地抬起頭，手伸到唇前，卻連一個噓字都不敢發一聲，陳書華稍稍放下心來，走到大哥的對側，他們就像左右護法供著一道門，而且兩人的眼珠都死盯著理論上看不見的牆的另一側。

「媽回來怎麼辦？」二姊這時也不甘寂寞地靠了過來，陳書華擔心起晚歸的母親，如果看到了這麼一幕會怎麼想，雖然通常要再過一個小時才有可能到家，但事情總會有意外，他現在必須開始學習處理意外。

「鑰匙聲這邊也能聽見。」二姊雙手往旁邊一撥，做了個安全上壘的手勢。

「那就好。」陳書華不太信任地應著，大哥又把食指放到唇前，仍舊不敢噓一聲，陳書華跟著動作，表示他聽見了，同時也把耳朵貼上了牆。

陳書華側耳細聽，但牆真的太厚，只能聽見低沉的嗡嗡響聲，最多隱約辨識出父親和榮叔說話時的不同音色，但是又不能貼在門上，於是他對大哥打了手勢，指著耳朵比了個「沒有」，再指了指大哥。

大哥離開牆面，沉重地搖搖頭，搖完頭後又再次把耳朵貼回牆。

陳書華一下子慌了，手先在空中不明所以地比劃一陣，之後似乎是終於發現不可行，深深吐了口氣，打手勢示意大哥注意他的嘴，然後用唇語說著：剛剛也都沒聽見嗎？大哥再度沉重地搖搖頭。

陳書華一下瞪大了眼，心想那他剛剛一直站在這裡做甚麼，但他沒說出口，只扭過頭對空氣翻了個白眼，再認分地把頭貼回牆面。

這時，卻聽見了往門口的腳步聲。

大哥立刻退後站定，並示意對面的兩姊弟離開，最後站到門前輕咳一聲，不動聲色地敲了敲門，房裡的人也沒急著出來，似乎只是剛好走到門前才把門打開，首先映入大哥眼簾的是榮叔，他臉上堆滿了笑容：「嫌我打擾太久了嗎？」

「不不不……」大哥急忙揮了揮手：「只是想看你們有沒有需要甚麼。」

「我必須走了。」榮叔笑著這麼說，便拄著拐杖走出門來，陳書華因為一下愣住，所以來不及走遠，榮叔一見到他，不知怎地就變了臉色。

「我送您下樓吧！」大哥急忙轉移榮叔的注意。

「讓這小子來送吧！」榮叔扶在拐杖上的手伸出一根手指，指向了陳書華。

「我……」陳書華本來想退後，但聽了這句又愣住了。

「趕緊吧，我也想回家休息了。」榮叔說著便不容置疑地往門口走去。

「去吧！」這時陳泰鴻也出了房門，盯著他的小兒子這麼說。

陳書華趕緊打理一下衣著，蹭著去了門口，腳要伸進拖鞋時被榮叔拍了一下：「現在是公眾人物了，出去還是穿包腳的鞋子吧！雖然別人嘴上說不在意，但第一眼見到了，難保還是會不自覺地在心底打個分數。」

陳書華恭敬地點點頭，選了雙帆布鞋穿上，然後才拉開門走向電梯按了下樓鍵。爸爸跟出了門口，指了指他們兩人說：「路上小心啊！」

「沒關係，我會照顧好小少爺。」榮叔沒回頭便向背後揮了揮手。

陳書華當然說不出「我會照顧好榮叔」這種話，所以只是點點頭。

還好電梯很快就到，陳書華一直到電梯要關上前，才聽見家門闔上的聲音。

「聽說你學校的選舉勢頭不錯啊！」彷彿就在等這一刻，榮叔這時說。

「沒有，只是大勢所趨而已。」陳書華小心地模仿。

「對，說的就是大勢所趨。」榮叔看不出來是被模仿而惱怒，還是像平常被大哥和二姊附和時的那種開心，應該說榮叔平常就沒太強烈的表情，解讀出來的表情只是映照出觀察者的心理，而不是真正的情緒……想到這裡，電梯門開了。

「等到選上了，你要怎麼辦？」榮叔說著走出門口。

「學習吧！」陳書華跟著走了出去。

「你認為幾個月的學習就可以了？」榮叔頭也不回地繼續邊走邊說。

「班上還有許多優秀的人才呢！」陳書華也跟著越走越快。

「優秀的人才？」榮叔停下來，拐杖重擊了地面一下：「一班才幾個人，能有優秀的人才？你的對手老早就瞄準了選舉，老早就在準備政策，如果班上真有優秀人才，老早就會在他的陣營裡，所以現在在你身邊的，充其量只是群失敗者。」

「或許……」陳書華想反駁，卻被榮叔凌厲的目光打斷。

「選上以後，就不會再有後發制人的優勢，你說要學習，你大半輩子都窩在自己的小世界裡，你能了解同學的感覺嗎？選上後，同學就是你的顧客，你跳過顧客的體驗就坐上了那個位置，到時你只會意識到工作的困難，而不會理解顧客的困擾。」榮叔身體微微向前傾，拐杖也往前彎了幾度：「而現在在你身邊的，不過是當初葉世傑看不上的失敗者，藉著現在的風向發洩自己的怨恨而已，等到你選上後，他們不是以高姿態逃得遠遠的，就是以高姿態歡喜地走馬上任，然後搞砸一切。如果你現在不開始思考，當你成功當選的那刻，也會是失敗的起點。」

「那要怎麼辦？」陳書華有些慌神，畢竟他以為榮叔最在乎的只有輸贏。

「利用那個葉家公子。」榮叔只簡短的回答，剩下的希望他自己體悟。

「和他合作嗎？」陳書華不確定地猜測。

榮叔沒說甚麼，只是又繼續往前走，看不出現在處於怎樣的情緒。

「是踩著他的屍體往上爬嗎？」陳書華又猜，這次又做了個小模仿。

「你啊……」榮叔停下來，背對著陳書華說：「把葉家打倒了，還會有張家、李家冒出頭，而和葉家合作，也一樣會有張家、李家冒出頭，因此要達到陳家和葉家的最大利益，他們就必須成為彼此的宿敵。」

陳書華不懂那是甚麼意思，直到榮叔又轉過身。

「你要做英雄，就別把惡魔打死了，英雄和惡魔必須彼此鬥爭下去……不如說是兩個惡魔，輪流在某個特別的時刻，被選民指定來扮演英雄。」榮叔的眼神有點不一樣，不知道這是否也只是陳書華的投影：「只要惡魔沒死，他就會感到不服氣，在未來的日子裡一次次的騷擾你，選舉的激情已經過去了，人們不會再關心政策，在政策還未碰觸同學時，他們會先注意到的是葉家公子的反對言論，因此你又再次把發球權交了出來，可以再繼續你的後發制人。」

如果陳書華的推理沒錯，榮叔應該已經知道葉世傑在橋上發生的那件事，這段話是對這個事件的告誡嗎？陳書華不曉得，也不敢問出口。

「送我到這裡就好。」榮叔就在這時揮揮手，留下一臉不解的陳書華離去。

「你過來一下。」陳書華上課都十分早到，但是今天一反常態地面露愁容，站在教室門邊對張健志招招手，張健志雖然狐疑，但還是跟了過去，陳書華四下望望，似乎又覺得不放心，把他拉進樓梯間，又往上走了幾個樓層。

「到底是怎麼回事？」張健志喘著氣，似乎決定不要再走上去了。

陳書華湊過來，張健志感受到他呼出的氣便避開，於是他揮了揮手，表現出不在意的樣子，要張健志看著他的臉，半用唇語半用氣音地說：「今天會出大事。」

「甚麼？」雖然這麼說，但張健志應該每個字都理解了。

「今天會出大事。」陳書華又說了一次，不過也很快了解到不是字面的問題，於是繼續解釋：「今天葉世傑會坐李明輝旁邊，你就去坐他們前面或後面。」

陳書華調查過了，李明輝幾天前在垃圾桶拿到了槍，這幾天都鎖在學校的置物櫃裡，大概是想眼不見為淨，而就在今天早上，陳書華看見他從置物櫃裡拿出了東西，而且陳書華老早就記住置物櫃的密碼，所以也確認了裡面沒有槍。

「到底怎麼回……喔！是那個李明輝啊！」張健志看來像懂了，但也只是把李明輝對到了班上的其中一張臉：「如果要拉票的話，那票送他也沒差。」

「不是拉票的問題。」這是張健志第一次搞不清楚狀況，弄得陳書華有點急了，他晃著頭，似乎不知道要不要說出口，到最後還是決定壓低聲音說：「李明輝有槍，是葉世傑給他的，他要李明輝對他開槍，因為那件事，所以他想證明……」

陳書華一下說不下去了，不是因為不想說謊，而是第一次感覺如此真實：等一下有人會拿一把貨真價實的槍，然後用它指著一個活生生的人。

「你怎麼會知道這些？」張健志雖然進入狀況，卻猜疑地盯著陳書華。

「我聽見了啊！」陳書華立刻說出預想的答案：「無意間聽到他們的計畫。」

「那就報警吧！既然他們有槍。」張健志說著便拿出了手機。

「是『李明輝』有槍。」陳書華強調：「你懂我的意思吧？」

「你的證詞也能把葉世傑定罪。」張健志揮揮手，又舉起手機。

「等等！」陳書華這次是因為和預想不同而感到慌亂，他抓住張健志的手，在他起疑前又繼續說：「你不覺得這是大好機會嗎？先給一個槍聲，再給一個戲劇性轉折，只有這樣，人們才會緊咬不放，才有機會推翻掉這座城市的黑幫。」

「我不同意你的看法。」張健志堅定地說，按亮手機後就要撥號碼。

「信我一次，那把槍只有空包彈，不會有人受傷，相反的，錯過這次你一定會後悔。」陳書華放開他的手，改用言語勸說：「我信過你這麼多次，接受你那麼多安排，信我一次，你也說群眾眼中的我們就只是故事，既然有槍就必須響。」

張健志用纖細的手指焦躁地轉著手機，似乎有點猶豫了。

「我知道你想放過葉世傑，我知道他在你眼裡就是個可造之材，而我在你眼裡就只是個棋子。我父親就是這樣，有個人利用對手打敗他，然後再把他納入門下。」陳書華在這裡停頓，咬了咬嘴唇，深吸一口氣才繼續說：「但這對他來說也是個成長吧！你要告訴他這是不對的……或許我也是為了自己，或許我內心隱約地就想在你面前證明我也可以，但這對他難道不也是必修的一課嗎？」

這段話有部分是真實的，但在那一刻只是陳書華防禦性地反射。

「你也學會了，你剛剛對我提供了一個無法拒絕的條件。」張健志對他笑了笑，是和平常不同的誠懇笑容，終於放下了手機：「但是你錯了，你們兩個都只是棋子，不過老實說，如果問我未來想和誰合作，我會選他，知道為什麼嗎？」

陳書華想了想，似乎帶點不服氣地搖搖頭。

「因為他有理想，有理想的人最好操控。」張健志又笑了，同樣是異於平時的溫暖微笑：

「我不知道令尊是怎樣的人，但對一個有理想的人，你只要說服他，他幾乎不會讓你失望，因為他自己就有動力，不需要別人在旁邊替他著急。」

「但也有可能走火入魔。」陳書華這麼說時，心頭同時感到一震。

「所以需要被人輔佐。」那是張健志第一次對陳書華露出肯定的表情，陳書華忘記自己是怎麼忍住的，當時的他沒有理由不熱淚盈眶，不過這沒持續多久，因為張健志很快又板起臉孔：「我們雖然看似不擇手段，但也不是甚麼手段都用。」

「這句話聽來很矛盾啊！」陳書華不知道這是不是對自己說的。

「有些手段會留下破綻，就像今天一樣。」張健志微微牽動了嘴角，但並沒有笑：「許多事情只要騙過一時就好，就算別人意識過來也沒轍，但惟有良心和法律不同，要騙就得騙一輩子，否則就前功盡棄了。」

「該進教室了吧！」陳書華不確定張健志是不是發現了，能肯定的是，只要在這裡多站一秒，就足以讓他崩潰，所以只能強裝鎮定地說：「位置要被占走了。」

「那就走吧！」張健志明顯看出了陳書華的異常，但是也沒有點破，沒有人知道為什麼，陳書華想坦白，他忘了自己是被甚麼想法阻止，總之最後沒有說，幾年後他總想著，如果當時知道那是最後的機會，會說出口嗎？

但是那個時候，他還不知道那是最後，他以為一切都還有挽回的餘地。

就算槍響也無法把葉世傑定罪。陳書華心裡十分明白，就算媒體窮追不捨，就算警察窮追不捨，就算站在他父親這方的陳家軍窮追不捨，畢竟這就是葉世傑本來的計畫，他要的就是槍響，他早預料好了，不可能會讓自己定罪。

要打破他的計畫，要打破他和李明輝的共犯連結，需要一個意外。

陳書華摸了摸側背包裡的木槍，彷彿早預知了那把槍會殺了一個人，又或者他只是在擔心，張健志肯定知道誰開了那一槍，縱使葉世傑和李明輝解釋不清楚，縱使那顆多餘的子彈會害他們精美的計畫破綻百出，但張健志終究是明白的。

惟有良心和法律不同，要騙就得騙一輩子。

坐上了教室最後一排，陳書華顯得忐忑不安，他氣自己，也氣葉世傑的完美計畫，本來可以拍下偽造彈頭的影像當證據，但就怪葉世傑太小心，連一張模糊的相片都沒能拍上。原本也可以用木槍把子彈打進教室的某面牆裡，讓警方發現疑點開始調查，但一直到十五天前的凌晨葉世傑都還會溜進現場，而學校的監視器最多只能回溯到十五天前，就算冒著風險打入子彈，但看著他上課四處張望的眼神，又像在尋找那個無形的彈孔，讓陳書華都要以為老大也同時出賣了他。

葉世傑會不會也同時知道他手上有這把木槍，陳書華那時並不確定，只能放手一搏，畢竟這顆子彈和木槍就是他留的後手，不用白不用。唯一能把這個完美計畫捅出破綻的機會，就是待會在槍聲掩護下開下那一槍。

他的側背包已經拖到了膝上，手隔著帆布感受木槍的溫度。他所擔心的，並不是能不能準確地在李明輝開槍的瞬間扣下扳機，槍聲不是問題，他對自製的消音器很滿意，而且他也可以假裝是驚嚇中撞到某個東西的聲音。

多年後他一直在懷疑，自己是不是早就預料到了張健志的死亡。

一聲槍響。

誰也不知道那把槍是哪裡來的。有一刻大家以為是開玩笑，直到看到有人撲了上去，把開槍的那名男孩按到牆邊，大家才警覺到事態不太尋常，不過似乎也有一部分人認為，那名撲上去的男孩也太大驚小怪了。

雖然每個人想法不同，但在那四周的人卻一下子散了開來……

除了一個人，那個人就是張健志，他在散亂的人群裡堅定地望向陳書華，陳書華心虛地對他點了點頭，同時站起身，隨著人群往後退，扶著那只裝著木槍的袋子，踉蹌地退到了門口。張健志轉頭看向葉世傑，眼神一樣堅定不移。

因為他站在葉世傑前方，所以身體一直面向後門，在門口擠著的人群理應都看清了他的眼神，但是在那之後，每當那群人想起這幕，不是說他眼裡帶著害怕，就是說他當時是傻愣住了，只有陳書華才明白那個眼神意味著甚麼。

張健志十分明白自己在做甚麼，但是他那時也預料到自己的死亡了嗎？

「看甚麼？跑啊！」葉世傑略略偏過頭，咬著牙吼向張健志，他那時沒明白那是甚麼眼神，事後回憶起來，他也以為張健志只是傻愣著。

張健志就站在葉世傑的左手邊和李明輝的右手邊，而李明輝和葉世傑相互對峙著，雖然李明輝已經被壓制住，連人帶槍被按往牆邊，而槍口的延伸線，卻直指站在旁邊的張健志。對張健志來說，這只是一場戲，他只要壓抑著不笑場。

葉世傑又加了點制服的力道，那把槍便扎實地貼到牆上，緊壓住李明輝的手，而原本扣動扳機的手指，也被壓到扳機保險下，動彈不得。

「跑啊！」葉世傑又對張健志吼了一聲，表情因為用力過度而顯得痛苦，而李明輝雖然被壓著，卻不斷發出野獸般的沉悶喘息，看來就好像隨時會失去控制似的。但張健志只是冷眼地在一旁看著，嘴巴開始蠕動，像要說些甚麼……

張健志的視線稍稍交錯，瞥見了視角只差幾度的陳書華，於是他看見了。

「跑啊……」葉世傑又喊了一聲。

陳書華的手伸進側背包，帆布隱約撐出槍管的形狀，沒有其他人注意到，因為他們沒有張健志的冷靜和視角，所有人聚集在唯二的兩道後門，陳書華就在最前側。陳書華看了張健志的臉色，不確定他是否意識到眼前的景象意味著甚麼。

他們和葉世傑就在同一條線，陳書華不確定張健志正瞪視著誰。

他發現了嗎？陳書華的手劇烈地顫著，旁邊的同學也察覺到了，一臉擔心地望著他，或許以為他也正為張健志擔心著，陳書華多年的痛苦都來自這瞬間，他懷疑自己是被惡魔驅使了，縱使他的槍法不可能讓他瞄準任何人。

我只想在牆上打出意外的彈孔而已。陳書華不斷在心中默念著，但張健志的那段話卻如魔鬼般縈繞在心頭：惟有良心和法律不同，要騙就得騙一輩子。

或許為了逃避法律，他選擇欺騙良心。

「嗚……」李明輝又發出一聲低吼，一如戰爭前的號角聲。

誰也不會知道那一瞬間的真相是甚麼，任何的說詞都只是多重宇宙中的一朵泡沫。或許是李明輝聽到槍聲嚇得開槍了，也可能是李明輝手麻先開槍，而陳書華因為驚嚇而緊接著開槍……總之不會有人知道了。

如果無能足以解釋，絕對不要歸咎於惡意。

但真的是這樣嗎？陳書華多年來搗毀良心的同時，也不斷捫心自問著。

那天開下槍後，他熟練地墊著背包撞向牆壁，假裝是跌倒，利用撞擊所發出的聲音，掩飾未能完全消音的槍響，但他很快就發現這是多餘的，因為他聽見不同方向傳來的那個響聲。

不是槍響，是某個東西落了下來，和他同時撞上了地板。

旁邊的同學懷疑了一下，不過很快就被另一個景象吸引了目光，有那麼一刻，他都要向大家承認是他殺了他，他有動機，而且人的確是他殺的，他忘了張健志那時的眼神，只注意到胸口的那片鮮血，還有倒下的劇烈響聲。

他還跌坐在地上，像是舞台的最終幕在等人們鼓掌。接著有兩個人也跌坐了下來，是葉世傑和李明輝，他們同樣失魂落魄地望著前方，一些人擁上前去，混雜哄亂的叫喊，幾個人蹲坐在陳書華身旁，撫摩著他的肩膀安慰他。

看著葉世傑和李明輝呆滯的神情，十五年來他一直在想，那兩人在想著甚麼呢？他忍不住想接近他們，想撫摸那道相似的傷痕。

陳書華雙手交抱著胸顫抖，淚水汩汩地流下。

他只能爬著向前，許多人卻推著要他不要看，以至於最終沒能見上張健志最後一面，心臟中彈到喪失意識的這段時間裡，張健志是在想著他嗎？而在生與死交界的瞬間，張健志責怪過他嗎？這些事永遠不得而知了。

陳書華只知道，在那個下午，張健志死了。

那天晚上，榮叔並沒有依慣例來陳家，陳書華也沒回家，陳泰鴻也是，陳家上下一團亂。倒是女主人反常地在正常下班時間回來了，她在事件發生後立刻打了通電話回家，是長子接的電話。

「書華有消息嗎？」女主人隔著應門的長子急切地問。

「別擔心，他用LINE聯絡過了。」長子邊說著邊開門，又忽然皺了皺眉，看向母親的公事包：「妳把鑰匙忘在公司了嗎？」

「按門鈴是想要你們快點過來跟我說情況，剛剛我才打算開門呢！」女主人揮了揮手上的鑰匙，把高跟鞋踢在一邊便踏進內門：「LINE的訊息未必是他寫的，你爸得罪了不少人，跟他說我得確定。」

「放心吧！現在整座城市只差沒戒嚴了。」二女兒走了過來，指了指電視，然後雙手抱胸：「書華只是想散散心，倒是媽，丟下工作沒問題嗎？」

「發生這樣的大事，也沒人想認真工作了，我早早就把他們趕了回去。」女主人踱著走向電視機前，接著轉過頭，想到甚麼似的看看另外兩人：「你們榮叔呢？他交遊廣闊，讓他叫幾個警察暗中去跟蹤書華吧！」

「剛剛爸也打來問榮叔在不在家呢！」長子一臉陰沉地找一張沙發坐下。

「不見了嗎？」女主人哼了口氣：「這種時候倒是搞失蹤。」

「如果是他，或許就能搞懂現在是怎麼回事了……」二女兒也一臉憂鬱。

「還能是甚麼事？可能出了人命哪！」女主人嘖了一聲。

「總之妳別擔心書華了，他長大了，總有自己的想法。」長子拍了下膝蓋，像是鬆一口氣似地站起身，但踱了一圈又坐下來。

「我就怕他有自己的想法……」女主人看著電視喃喃自語。

「爸那邊怎樣了？」二女兒像聽見了，但又刻意轉移話題。

「也不能怎樣，就像現在這樣囉！譴責葉家縱容黑道，才導致今天的槍擊案，並祈求受傷的學生平安。」那時局外人還不知道，中槍的學生在送往醫院的途中就宣告不治，他們只知道校園出現了槍聲，或許射到了人，僅此而已。

「可是書華的同學裡面也有個葉家公子啊！」二女兒搖搖頭。

「除非他死了，不然這是最安全的牌。」長子一臉不容置疑。

女主人一句話也沒說，只是靜靜地站起身，接著走向陰暗的走廊。

這是步險棋，葉世傑雖然感到荒謬，但在醫院的時間裡他都在想這件事。

「現在會覺得不舒服嗎？」醫生的詢問稍稍打斷了他的思緒。

「不會，謝謝。」還好是父親信任的醫生，要是換作支持陳家的人，他都能想像那種鄙視的眼神，而且以現在的情況看來，他遇到這種人的機率大概比一半多一點。雖然心裡還有恨意，但就這件事還是得感謝父親。

「告訴我，早上氣喘嚴不嚴重？」那是葉家父子約定的暗號，小時候就練習過了許多次，如果有一天被綁架了，就以這句話當暗語，再拜託綁匪拿出治療氣喘的鼻噴劑，按下去就會傳短程訊號到手機撥打號碼，把定位的資料發出去。

葉世傑明白，父親現在這句話有著不同涵義：這事是不是你幹的？

他搖了搖頭，即使知道葉家人獨有的敏感度已經告訴父親真相，他還是恥於親口向自己的父親承認這件事，縱使父親或許根本不會對他怎樣，甚至可能還會拍拍他的頭，恭喜他進入了成人的世界裡。

接下來父親的作為，更讓他相信父親不會是一無所知。

他封鎖了消息，連自己幕僚也不知道這起槍擊案的真實情況，他以偵查不公開為由，讓檢察官將細節全面封鎖，甚至透過檢警指導班上同學別洩漏一字半句，要不是這麼做，陳家不可能錯失了掌握大局的先機。

這是步險棋。假如陳家謹守本分，只對這次的槍擊案表達遺憾和震驚，那之後的所有反擊就不會有效果，但是陳家現在走在風口浪尖，就算他們不逾越半吋，他的支持者們也只會隨著時間越來越猖狂，讓葉家有機會借力使力。

陳家或陳家的支持者也不過是這種水平，希望大家看到的就是這個樣子。

在事件發生後一小時，網路和政論節目的發言的確開始越界了，他們暗示葉家和黑道勾結，他們暗示葉家一點都不想辦這起案件，他們批評市長到現在還沒有公開發言，他們預言葉家正在和黑道協調一個小嘍囉出來頂罪。

浪打得越重，反彈的力道就越深，這是亙古不變的真理。

像之前說的，這是步險棋，因為浪也可能在反彈之前就把堤防沖垮。所有的時間點必須算得十分準確，每句發言、每個咬字都必須完美無缺，發言人的情緒要到位，他和父親就是演員，說謊時記得別眨眼。

整個過程只能是兩個字：完美。

葉世傑不知道父親是不是刻意為之，他事先只做了粗糙的劇本，甚至沒考慮到要先封鎖消息，更別提之後的演出要怎樣才不會造成反效果，要怎樣才會讓人關注在陳家的趁人之危，而不是葉家可能的自導自演。

而且要注意的是，陳家那個時候在浪尖，說甚麼都是對的。

整件事結束後，彷彿大家都可以看到現任市長的民調緩緩升高，這時葉世傑卻感到一股失落感，他從不打不確定的仗，這次之所以不確定還要繼續，或許是評估過了失敗的結局，而且，失敗或許還好一些。

當看到張健志倒下的時候，意外之餘竟也鬆了一口氣，想說把這一切徹底毀滅吧！葉家幾十年的神話破滅了，不過責任也不見了，陳家說得對，葉家對這座城市而言只不過是座高聳的牆，而葉世傑也屬於這座城市，也是活在牆內的人。或許不只是在牆內，身為葉家人，葉世傑感覺自己已經被埋入了牆裡面，一出生便註定要動彈不得，只期待有個人能幫他破牆而出。

所以，或許是因為這樣才會在這種時候感到失落吧！

父親幾個月後又會當選，葉世傑幾年後又要來承接家族大業，他們就像這座城市的守望者，世世代代都坐上同樣的位置，年復一年地往上築起更高聳的牆，然後心裡暗自期望這座牆總有一天倒塌。

事件之章III　他們的過去

如果妳要我為這起事件做個評論，那我會說：就是三個男孩玩一把槍，結果不小心走火，最後殺死一個誰也沒想過要去殺害的人。

的確，那時沒有一個人想殺害健志。

首先，我想世傑一直都誤會了，我和健志一直都不是情侶關係，而比較像是姊弟，不是那種自欺欺人的姊弟，至少我不是，因為我那時候還愛著葉世傑。

沒錯，一直到健志被槍殺的那一刻，我都還愛著那個傻瓜。

為什麼健志會那麼針對世傑，如果說是因為我，那就是往臉上貼金了，更準確的說，健志反而是先鎖定了世傑，後來才因此注意到我。一開始或許只把我作為計畫的一部分，之後才慢慢衍伸出像姊弟那樣的情誼吧！

不過，也可能是為了計畫才維持這樣的關係，他實在是個猜不透的人呢！

和他第一次見面，他就滔滔不絕地說了一長串話，後來或許也這樣跟世傑說過類似的話吧！看那氣勢逼人的樣子，我可以想像世傑會有多氣惱，每件事都按禮數來的他，健志肯定是個異數，雖然他也絕對不會表現出來。

反正，他那時就是一個勁地批評世傑，像是電視劇裡弟弟要拆穿姊姊男朋友的假面。不過他說的那些我老早知道了，世傑比起投入感情，更在乎的是想創造一對模範情侶，而我剛好就是那種適合讓人供著的女孩子，而且又剛好愛上他。

我不是想要一段危險的愛情，只是討厭他老去思考甚麼是對的，甚至有時候一句話開了頭，我竟然能預測接下來十分鐘會有的談話內容，但那可是聊天啊！有時候他也會像一般情侶那樣製造點意外性，但就好像只是覺得應該那樣而已。

所以當健志說出那一長串話後，我只是默默地點了點頭，因為這些事情我都明白，但就是愛上了，又能怎樣，這世間總有些事是怎樣也無可奈何的。

健志那時候看起來有點驚訝，他或許原本預設我會像其他受到打擊的人一樣，先是拼命否認，接著憤怒地大吼大叫，最後難過地屈服吧！不過我沒有，就只是點了點頭而已，然後就等著他沒話說之後，自討沒趣地離開，因為我也無話可說。

或許是第一次這樣咄咄逼人地對人說話，他那時有些慌了，在我轉身前便把我喊住：「既然這樣，為什麼不離開他？」

我那時忍不住笑了：「你這樣說別人，沒想到你也是靠理性對待感情的啊！」

接著他才頓悟般地苦笑：「的確不應該問為什麼，這種事從來不會有理由。」

他或許以為我是為了出風頭，才跟世傑在一起的吧！只怪他沒有用心調查，後來他說話就沒那麼刻薄，我不確定是不是因為改變心意了，就像之前說的，也可能是計畫的一環，總之我們總算能心平氣和地說話了。

我和世傑算是青梅竹馬，從小學開始一直同班到大學，但我們不是一直都在一起，我也不是一開始就喜歡他，小學也跟其他男女孩一樣，總是在爭吵。或許是荷爾蒙作祟吧！到高中的時候忽然看對眼了，之後便交往了許多年。

一開始總覺得自己幸運，能夠這麼多年都和喜歡的人在一起，就算同班的前大半段不是在一起的，但是有相同的回憶、相同的話題，所以當我發覺自己能感知到他的想法時，起先以為那只是默契，直到後來才漸漸發現世傑心裡的祕密。

他一直很害怕，害怕到想逃跑，卻怎樣也逃不開。

或許是遺傳，或許是家庭教育使然，葉家承襲著一種思維模式，屏除個人情感，只思考每個決定本身的對錯，而且每分每秒都不敢停歇。

「我知道甚麼是對的，為什麼要犯錯？」這一直是葉家根深柢固的觀念。

每當我提起時，他總是避而不談，其實我很感謝他，他一直是個完美的人，我喜歡他的體貼，縱使那只是代代相傳的教誨，要不是發覺到他的痛苦，我會自私地不要他做任何改變，畢竟沒有人會無聊到想打破這種完美。

但是當我們之間的默契形成時，我才了解到之前的一切根本不是默契。

他在掙扎，有時會求救，但又拒絕任何人伸出的援手。那是外人根本就察覺不出來的異常，細微到其他人會認為我只是神經過敏。但是如果你仔細觀察，當他對應該發怒的情境不改於色時，之後的幾個小時他的腦袋會像是忽然短路了，反應會變得很慢很慢，當我表現得擔心時，他會微微一笑，但行為反而變得更加不正常，一開始會以為是巧合，之後便會發現屢試不爽。

我慢慢察覺一件可怕的事實，他總有一天會崩潰，那樣的完美將帶來毀滅。

這種行為模式最大的問題是，它已經順利運行了許多年，甚至是從祖父輩就一代代傳承下來，所以一點都沒有動機讓他改變，只有讓他失敗過，讓他了解這樣的模式除了影響他的情緒外，在客觀世界也行不通，才有機會說服他。

在遇到健志之前，我就想過藉由離開他來把他打醒，但又感到害怕。我的離開，對他來說是失敗嗎？他會難過、會痛心嗎？還是他會將它視作人生必須的經歷而已，他會像面對其他挫折一樣，面不改色地面對嗎？

因為不確定，我終究沒有這樣的勇氣。

直到遇上了健志，才終於被說服，但我的離開不過是計畫的一小部分，整個計畫的主體還是那場系學會長的選舉，我對自己還是沒自信的，如果問說我的離開會不會對世傑造成重大打擊，直到今天我還是不能確定。

之後的事情，或許妳已經聽說了，畢竟妳大概問過世傑了。

但妳要知道，健志針對世傑的行動或許有他自己的目的在裡頭，但對我這個算是比其他人還了解世傑的人來說，這整串行動都是為了敲醒他的那個木頭腦袋，所以才做到這麼過份的。也就是說，常人感到的痛苦對他來說或許沒甚麼。

這是我認為兇手不是他的一個理由，另外一個理由，是榮叔告訴我的。

榮叔在那起事件的當晚就來找我了，雖然情緒上來講是驚訝，但從他身上立刻就能感知出那種氣息，那種和健志相同的氣息，於是在他解釋前我就明白了一切，他似乎也早就知道會如此，所以也沒做太多解釋。

接著，他劈頭就告訴我殺害健志的不會是世傑。首先健志會出現在那裡只是意外，世傑沒理由說服他站在那裡，畢竟健志也不是一個容易說服的人，到這裡答案就呼之欲出了，不過榮叔說他還想刪除另一個可能。

那就是我。

的確，和幾名關係者有這麼交錯的連結，不懷疑我是蠻奇怪的，不過我也不知道該怎麼反駁，過了許久，榮叔便搖了搖頭，他說：「妳沒有理由，如果是兇手，總是會準備一些理由。」

我那時反問：「如果我只是假裝沒理由呢？」

他搖搖頭，心不在焉地說：「妳是個有趣的人，或許有機會合作，但往後再聊。」

很明顯他那天有心事，因為他老早就知道了兇手，跟我見面只是想聊天，我隱約也猜到了他心中的兇手是誰，所以在不點破的前提下繼續聊下去。

首先和他聊到了健志，相處了那麼久，卻從來沒搞懂他過。

榮叔問我說聽過「專業救援」嗎？我笑了笑，說那像是網路鄉民的用語。他搖搖頭，說那是他們這類人的自稱，他和健志都是，「專業救援」不是一個組織，裡頭沒有任何規範，更接近一種信仰。

我不懂，問他這難道這就是健志和他在做的事嗎？又是為了甚麼？

他接下來說的話讓我更迷糊了，他說「專業救援」之所以更像一種信仰，是因為它不會告訴你這一切的目的是甚麼，只不過是師父和一個外人看對眼了，就互認為師徒，如果答應就加入，至於為什麼加入，每個人都有不同理由。

於是我當然就問他了：「健志又是為了甚麼理由？」

他回答，許多年輕人加入是對於現狀的不滿，由於「專業救援」是主動去尋找，所以那些單純享受權力慾的人就被篩選掉了，而健志也有不滿現狀的因素在裡頭，但是在更核心的地方有個更加哀傷的緣由，這源自他的家庭。

他的母親是某個小黨的創始人物，而他的父親則是一名普通的上班族，一開始父親十分支持母親的理念，甚至他們是透過這層關係才相識的，但是有了小孩之後，父親漸漸無法像從前那樣理解那種遙遠的夢想，不過也沒立刻撕破臉。

反而是年紀還小的健志，無法忍受這種比陌生人疏離的距離感，因此總是引起不小的吵鬧，在這種時候，母親總會抱怨這個兒子是個累贅，但兩人都沒注意到的是，母親對孩子的忽略，正是因為把他視作可以互相忍讓的家人。

但是在張健志眼裡卻是極大的諷刺，因為母親所屬的小黨主推兒童福利，經常能看到母親對陌生的孩子和藹可親，不過一回家卻判若兩人，所以爭吵的戲碼便固定上演著，最後，父親再也受不了母親言語中的惡毒，決定不再包容。

他說自己的母親無論在家庭或是政治上都是個失敗者，於是他開始探索，聲稱自己是在尋找否定母親人生的方法，當榮叔注意到時，發覺他做得很不錯，而且幾乎沒有猶豫就答應了榮叔的邀請，這反倒讓初次收徒弟的榮叔猶豫了。

不過經過一段時間的相處後他發現了，健志根本沒想要擊倒誰，相反的，他這麼多年來的急切探尋，反而是想要用自己的方法，去實現母親的理想。縱使他自己沒有發覺，也不願意承認，他所有的行動都是出自於愛。

榮叔說他一直在觀察我們，健志在葉世傑身上見到了自己母親的影子，而從我身上得到了救贖。他對抗世傑，就像當年對母親所做的抗議，而和我的對談，就像和自己的內心深處獨處，獲得以前所沒有的體悟。

我仍愛著世傑，正如他仍愛著母親，愛從來都不需要理性。

我問榮叔是不是早就預料到健志的想法，他思考很久，然後說，他的確事先調查了我和世傑，但就像「專業救援」本身，任何的體悟都是個人的結果，體悟這種事情是不能強迫的，必須是發自內心的油然而生。而且這些人被挑選過，腦袋比一般人要靈活點，刻意呈現給他甚麼反而不容易接受，畢竟這就是他們所受的訓練，不要相信眼前所看到的一切，必須用頭腦思考、用心感覺。

到這裡我忍不住問榮叔：「那你呢？是為了甚麼原因而成為『專業救援』？」

榮叔難得地笑了，他說：「因為好奇，有些人也會如此，因為好奇而加入這個行列，加入後又不時想著，到底是甚麼原因讓某個人成為了第一名『專業救援』？」

不知道為什麼，我那時就想到健志說的亞瑟王故事。傳說，亞瑟王是把石頭裡的劍拔出來了，才成了一國之君。但是，拔出一把劍到底有甚麼難的呢？比起拔出劍，插進去應該更難些吧！而且插進去時，應該就把石頭的結構給破壞了。而且劍上的說明居然沒有人覺得可疑，就算這一切真的有可能是神的旨意，但沒有確認就直接相信也對神明很不尊敬吧！更何況，無論如何，拔出劍的絕對是最後一個嘗試去拔的人，與其說是那個人把劍拔出來的，不如說是累積了許多人的力量，最後的那個人只是錦上添花而已。

於是我問榮叔，聽過這個故事嗎？

他苦笑著點點頭，說那個故事就是他說的。他的眼神變得哀傷，雖然從他來的時候就能感覺到那股哀傷，但現在的表情又會讓人覺得之前都是在逞強。

接著他聊到陳書華父親的那個斷橋故事，一開始我以為他是要和亞瑟王的故事做個類比，甚至覺得這段話有點唐突，但越聽越感覺到其中的不對勁，是榮叔的眼神，沒有一開始的精明幹練，只是延續著剛剛的哀傷。

最後，他把故事說完了，我便問：「橋斷了，難道沒有傷害到任何人嗎？」

他搖搖頭說，重點不在於結果，無論那座斷橋最終有沒有傷害到任何人，在做那個決定的瞬間，就已經決定了一切：首先那座橋總有一天是要斷的，再來他說服了群眾那座橋不會斷，所以在颱風天也不會有人看管。因此就算很幸運地沒有人經過那座橋，或是落水的那群人終於爬上岸，那都不要緊了，就像酒後駕車一樣，當你踩下油門的那一剎那，就已經犯下了極大的錯誤。

如果是我，或許不會做出那樣的決定，但也不會把這種事情和酒後駕車類比。因為那實在太遙遠了，做一個決定遠不如踩一下油門。

接著他又說，陳書華一直以為，自己的父親是因為誤解了榮叔，才不再跟他提從政的事情，但他低估了兩人多年來的革命情感和默契，他的父親是在和他談話的那個晚上就決定的，因為陳書華沒有提出那個問題。

陳書華沒有那種敏感度，像葉家那種世世代代承襲來的敏感度，這就是他們兩人的區別，縱使世傑因為這樣的敏感度而扭曲自我，但與其如此，榮叔說讓陳書華這樣的人從政簡直是禍害人間。

原本榮叔是有意再收這個徒弟的，倒是陳書華的父親先死了心，榮叔則是安慰他，說陳書華可能只是比較內向而已，如果有適當的引導，也有可能讓他說出內心的想法，而榮叔進陳書華書房的那一晚，就是他給的第二次機會。

如果陳書華那時候憤怒的說：「懂甚麼？你不也害死了許多人！」

或許事情就會變得不一樣，但那晚，陳書華只是對於自己一直以來的信念被摧毀而感到崩潰，過度在意自己的同時，他並沒注意到身旁的世界，明明身邊就站了一名犯過錯的大叔，卻一點也沒注意到那座橋所乘載的人命。

「健志呢？」雖然已經知道答案，但我還是開口讓榮叔能繼續接下去。

健志當然提出了質疑，後來甚至有點難過地哭了。雖然榮叔說重點不在於有沒有死人，不過那座橋的確是死了人，他也才因此學到了震撼的一課，甚至他在那之前根本把那座橋的事拋在一旁，直到看了新聞，才想起那段故事。

「專業救援」看似不擇手段，但還是有它的底線，無論如何都不能跨越的那條紅線，至於底線在哪裡，需要每個人自己體會。聽完這個故事後，健志才得出了那個結論：惟有法律和良心不同，要騙就得騙一輩子。

至於榮叔在那件事裡學到了甚麼，他搖了搖頭，說那時甚麼都還不明白。其實當他不笑時，面孔便會布滿滄桑，所以他總是刻意擠著一副看戲的表情，在抹去滄桑的同時，也讓人忽略寫在這個人身上的那場戲。

陳書華的大哥和二姊總在猜，為什麼榮叔選擇了陳家，那是因為他們把那次的斷橋事件視作一顆棋子，而沒考慮到意外的成分，總是忽略了那句話：如果無能足以解釋，絕對不要歸咎於惡意。

他是為了贖罪，才來到了陳家。

那座橋毀掉了一家人，那家人在山裡有塊產業，或許是因為那裡的收訊設備落後，所以直到風雨交加的時候，他們才意識到情況不妙。開往城市就必須經過那座橋，結果就正好遇上了河水把橋樑沖毀的時刻，連車帶人就翻進了水裡。

車裡除了男主人女主人外，還有一名十一歲的女孩和一名五歲的男嬰。

當車被沖上岸時，裡面已經沒人了，或許是乘客在淹沒前開了車門，但是因為河水湍急，他們終究難逃一死，只有那名男嬰，靠著安全座椅提供的浮力，在河上漂了兩天，直到下游的一戶住家聽見了一陣陣嘶啞的哭啼。

或許是因為那段漂浮於河上的記憶，那個孩子對漂流木總有種意外的親切感，因為在那樣孤獨的時刻，只有那些載浮載沉的木頭會對他做回應，榮叔一直對那個孩子、那家人感到很愧疚，最終他說服了陳家收養這個孩子。

或許妳也猜到了，那個孩子就是陳書華，榮叔並不是在立委選舉時才接近陳家的。陳家人都知道，榮叔有句話常掛在嘴邊：如果這世間真的有平行宇宙，那只要一個不小心，我們之間的一個人就不在了。

我不知道陳書華的兄姊是否知道他的身世，榮叔之後再沒出現過了，也無法藉他們的互動看出端倪。我那時問榮叔為什麼不自己收養？他說如果自己收養就太狡猾了，就算多恨，對養父總恨不起來吧！他想要陳書華恨他。

狠狠地恨，就算榮叔這麼多年來也和這個孩子培養出了情感，但是他當時決定離開，有部分也是為了兌現這股恨意，如果留下來，就會忍不住辯解，那麼多年的情，聽了辯解也會對恨釋然吧！

畢竟是那麼遙遠的記憶，又是透過這麼多鎖鏈所造成的結果，那種疏離感，誰也不可能恨得起來，如果要讓這個恨成形，只能讓恨的背景也變得疏離，藉以突出那股恨意，於是他拒絕給自己機會辯解。

榮叔之所以拿木雕做攻擊，也是為了喚醒過去記憶，更加深陳書華對他的恨意。

在確定陳書華不適合這條路後，還讓健志去輔助陳書華，除了因為他是對抗世傑的籌碼外，也是因為榮叔實在不願意相信這個男孩已經完全沒有希望了，他想要健志就近觀察這個人，好好去了解這個孩子，只祈求能得到不一樣的答案。

一開始還不錯，接下來卻漸漸失控。

雖然他們早就猜到橋下的案子是他做的，透過榮叔自己的關係，很快也查到陳書華正跟一幫黑道合作，健志和榮叔跟蹤了陳書華，掌握了他下一步大概會做甚麼，所以其實健志對當天的情況也不算全然意外。

但是榮叔最大的失算，就是不知道健志會死。

健志的那句話，就是對陳書華最後的警告。榮叔也說了，重要的不是陳書華有沒有殺意，當他開槍的那一刻，就必須思考過這個可能，榮叔十分後悔沒有在斷橋的故事之後立刻教訓他，導致他必須經過這次才能學到教訓。

而榮叔也是在這一刻，才真正學透了斷橋教給他的教訓，雖然體悟不能強迫，但在很多時候，體悟是要付出重大代價的。

榮叔在那之前就跟陳書華的養父討論了這個可能，雖然不是自己親生的，但對榮叔來說是一種贖罪，對他的養父來說也是種希望的象徵，可是這個結果卻帶來無盡的自責，他們在槍擊案前就不斷在反省，思考他們是不是操之過急。

如果不是當年的那個決定，這個本來不該叫陳書華的男孩，會不會有不同的人生？答案是肯定的，他會和親生父母在一起，但榮叔想知道到底哪一步做錯了？他幫這孩子找到一對還算不賴的父母，給了他大部分的人都會欣羨的人生……

這當中一定有甚麼搞錯了，答案很明顯，就是把這個男孩逼上了政治的這條路，但是兩個大男人不願意說破，這也是為什麼那晚會討論這麼久。

為什麼那麼堅持要讓陳書華走上這條注定不適合的道路？我想，這或許只是榮叔的藉口，事實上，他只是想要看著陳書華長大，想要一個理由盯著他而已。這麼多年早已培養出感情了，子代父職，就是這兩個大男人的浪漫和自私。

「就這樣離開，不會覺得不負責任嗎？」我那晚也問了榮叔。

但他說他能負的責任就是離開，既然沒有能力把陳書華帶到好的方向，怎麼能確定自己可以把他從壞的方向扭轉回來，說不定，還會帶向更壞的谷底。如果有一天陳書華知道自己的身分，或許會感到怨恨，同一個人兩度奪走他的人生。

回到一開始的那個疑問，我問榮叔，既然早知道兇手是陳書華，來向我確認也沒有太大意義，為什麼還要來找我？

他揮了揮手，沒再多說甚麼，從此就沒再見過他了。

同樣的問題在我身上也適用，既然知道了真相，為什麼還要去找明輝？他是跟這一切連結最淺的一個人，最後坐牢的卻是他，嚴格來說是無端捲入這起事件。或許是覺得抱歉吧！不過更重要的是，我想知道他為什麼會接下那把槍。

如果他知道我早就明白誰是兇手，大概會覺得很難過吧！這十五年來，他承擔的愧疚也沒少過，陳書華、世傑、榮叔再加上他，每個人都是這悲劇的一環，每個人都是一塊骨牌，無論誰是最直接的兇手，都毫無意義了。

接下一把槍，根本就不是一名普通少年願意做的事，如果少了這一環，後續的一切都不會發生，骨牌就會在這裡跌進一個空隙，健志也不會掉進這麼荒謬的結局。所以雖然對他很抱歉，但我那時候的確有點怨恨他。

他十分崇拜世傑，這是原因之一，當世傑主動接近他時，他十分開心，雖然心裡也有想過是為了競選會長來尋求支持，但就算如此，世傑這麼看重自己的這一票，也是值得高興的事，這就是身為崇拜者的單純想法。

後來他才知道，事情並沒有這麼單純。一開始他感到反感，但又害怕會失去這段稱不上甚麼的情誼，所以沒有立刻拒絕，決定靜觀其變，對世傑來說，明輝只是一個失去甚麼也無所謂的人，對他來說，那個人甚麼都不是。但這也是葉家人的特質之一，他可以讓人感覺到發自內心的誠意，雖然世傑只是把一句話硬塞進去再吐出來而已，但對明輝就是有效，畢竟他把世傑視作汪洋中的一根稻草。

他拼命地想抓住他，因為除了家人之外，從沒有一個外人對他那麼好。明輝出身在一個健康的家庭，但或許天性使然，他總是不善交際，甚至對人群感到有些畏懼，這部分是他的父母無法理解的，而且明輝也總是刻意隱藏。

所以出了事之後，他的父母也感到十分懊惱。他並不責怪父母，反而對他們感到有些抱歉，他總認為父母只是運氣不好而已，居然遇上了這樣的兒子，總覺得天下哪個父母遇上他也都是沒有辦法的。父母卻為他擔心著、難過著，想到這裡，就希望自己根本就不曾出現在這個世界上，但是想到父母聽了又會覺得難過，又不敢表現出這樣的想法。所以他總是努力著，就算受到挫折也繼續努力著，當他遇到世傑時，以為自己終究可以翻身了，但沒想到只是給了他更大的打擊。

所以當世傑提出這個要求時，首先想到的當然又是他的父母。他思考著，雖然只是演一場戲，但父母看見他出了事，不知該會有多難過，而且又不能說出實情，否則肯定會認為他受了委屈，去和世傑討公道，這樣不如一開始拒絕就好。

世傑不斷說服他那只是空包彈，而且也不會被定太高的罪刑，等到出來後，還能提供他現在無法想像的工作機會，只要是葉家的要求，不太會有公司拒絕。

明輝最後想了想，就算這樣繼續下去，未來也不會有好的發展，父母一樣會傷心，反之如果他接下了這把槍，或許父母就只需要傷心這一下，只要他表現出悔意，表示自己只是想引起注意，誠懇展現奮發向上的心情，或許父母也不會太難過。甚至有可能感激這起事件讓兒子蛻變了，對兒子的未來感到前所未有的放心，而明輝自認底子不差，只要服刑的幾年努力充實自己，再加上世傑的社交能力，說不定很快能闖出一片天。

反正不會傷害任何人，受苦的只有自己，明輝那時是這麼想的。他甚至不怪世傑，因為並不是因為被說服才這麼做，而是自己就是這麼想。

也是因為這樣，才會在健志死後感到痛苦，也才從來沒有舉報過世傑。因為自己苟且的想法，造成一個人的死亡，不管那顆實彈是意外，還是有某個人想致健志於死地，這都不重要了，如果不是他的決定，很可能就不會促成這起悲劇。

於是他有意的讓自己承擔下所有罪責，甚至最後沒被定下謀殺罪，還因此煩惱著，劉警官前幾年也一直試圖開導他，但後來他也自顧不暇了。

我一開始裝作不明白，假裝自己認定了他是兇手，想逼問他心裡的真正想法，甚至一度覺得，明輝會覺得自己不是主謀，而分擔了一點罪惡感到世傑身上，所以我用各種心理戰術折磨他，讓他認清自己也是造成健志死亡的兇手之一。

一開始我真的好恨他，因為如果沒有這樣的角色，世傑的計畫根本就不會成真，所以我要他懺悔，而不是苟且偷生。我一直等著他在我面前指證世傑，然後推卸掉責任，這時我會嘲笑他說我早知道了，再讓他醒悟到自己也是殺人兇手。

跟健志相處久了，或許變得跟他有點像了。

但他的反應出乎意料，他承接了所有的責罵，不反駁也不嚷嚷，他只是啜泣，我一開始以為他只是在演戲，目的是要讓法官同情，但最後發現不是如此。

就像健志和我初次交談的情形一樣，我慌了。

我錯了，錯得離譜，就像當年健志對我的觀察一樣。漸漸的，我願意告訴他我知道世傑是主謀的事實，漸漸的，他向我傾吐當年的錯誤，我漸漸了解到他的想法，他是真的難過，是真的懺悔，如果沒有家人，他老早就放棄了生命。

我告訴他，如果你放棄，哪怕是接下來的日子過得渾渾噩噩，都是對健志在天之靈的一種褻瀆，因為他的死沒改變甚麼，你照常過著那種邊緣人的生活，你要是真的想懺悔，那你必須踏著他的意志重生。

他問我健志的夢想是甚麼，我告訴他，你永遠當不了另一個張健志，踏著他的意志，不是刻出另一個模子，你無法做得和他一樣好，你能為世界做出的最大貢獻，就是做你自己。如果是健志的話，一定也會這麼說。

他開始反省，他想到之前雖然想藉由槍擊事件作為契機，卻從來沒想過那之後要做甚麼，只是想著往上爬，但那只是虛無縹緲的概念，沒有一個真正的方向，他在監獄裡孤獨的思考，我也不時送去幾本不同類別的書，最後他選擇了金融。

我為什麼會跟他走到一起，我想世傑十分好奇，就像當年他也對健志十分好奇。或許妳會說那只是另一種愛情吊橋理論，但我當年愛上世傑，也可能只是荷爾蒙的效應而已，愛情從來不需要理性，所以就不需要對理由太在意。

如果要問我，為什麼對明輝那麼上心，卻從來沒去找過世傑。那是因為他和正常人不同，他不需要別人提醒，甚至別人提點也只會造成反效果，他需要的只是一段長時間的孤獨思考，健志原本就是這麼想，我不能破壞他的計畫。

雖然聽起來有些殘忍，但唯有這樣，才能讓他真正蛻變，才能讓健志的死產生意義，我從來都沒小看過葉家人的韌性，他們天生就適合成為浴火鳳凰。

至於妳問我和葉世傑未來還有沒有可能，至少我對他沒感覺了，不過請別誤會，並不是因為恨他，而只是單純淡了、散了。至於他的話，妳應該也跟他說過話了吧！還記得他怎麼說我嗎？我能猜到一點，我想那就是答案了。

對了，警察更在意的應該是今天發生的那件事吧！世傑前幾天來公司的事我老早聽說了，明輝也一直擔心著，其實要找到他也不是不行，但見了面又能說甚麼，說甚麼他也不會聽吧！畢竟，體悟還是發自內心的最真實。

妳問我世傑對陳書華有沒有殺意，劉警官對陳書華有沒有殺意，我想恨意是有的，至於知道真相後會如何處理，我一直都相信，他們這次會做出正確的決定。

現在之章III　囚徒

接下來會發生甚麼事情，就像宿命般早已註定。場景、台詞都和夢境裡一模一樣，每句發言、每個咬字都必須完美無缺，眼前的所有人都像是演員，整個過程就只有兩個字……

一聲槍響。

葉世傑舉起手槍，眼神滿是堅決。研討會開始前就有耳語傳開，擅闖會場的這名男子是董事長的死敵，所以一聽到槍響大家也沒多想，只是預期的事情終於發生了，現在只管著往唯二的兩個後門逃去，這也和當年一樣。

陳書華沒跑，他先是發愣了一下，然後才忽然撲到葉世傑身上，將他按到牆邊，劇情就像上了發條的音樂盒般重複上演，還有一個人……

「你想做甚麼？」李明輝也沒跑，他只是氣憤地轉過身。

大家擠在門口，探頭探腦地看著這一幕。

「你沒跑。」葉世傑笑了笑：「就代表你想和我們重溫舊夢囉！」

「該死！」李明輝罵了一聲：「他會壓住你的。」

「我十五年來練的臂力可不是練假的。」陳書華雖然按住他持槍的手，葉世傑卻從容地讓前臂的肌肉緩緩隆起，他閒適的神情和陳書華發青的臉色形成強烈對比：「十五年來，我一直等著這一天。」

「該死！」李明輝又罵了一聲，手足無措了好一會兒，似乎不知道該不該或者究竟要如何幫助陳書華：「該死！保安會在你掙脫之前就過來的……保安！」李明輝略略扭過頭喊了一聲，可是門口那邊沒有動靜。

「就算來也於事無補，在他們到達的時候，我會用跟十五年前相同的方法復仇。」葉世傑沒看李明輝，也沒看陳書華，只是從容地倚在牆上，像是在等待，彷彿他比任何人都想要保安過來。

「該死！」李明輝又罵了一聲，慢慢往旁邊退，最後有些狼狽地往後面的出口跑了起來：「陳經理會沒事的，那個瘋子的目標是我！」

「你的手鬆了。」葉世傑懶洋洋地說著：「難道你要我開槍打死他嗎？」

「別鬧事！」陳書華瞪了他一眼：「就算他是兇手我也不會讓你下手。」

「別裝了，兇手就是你。」葉世傑沒特別激動，甚至帶點漠然：「一直都是你。」

聽到這句話，陳書華的雙眼忽然淌出淚水，葉世傑有點慌了。

和夢境不一樣。但他還是接著說：「你還真下得了手啊……」

「是你，都是你害的……保安！」又和夢境不同，是害怕之後會暴露嗎？但看來又不是如此，陳書華淚水已經盈眶，而且看來不假，剛剛那句和接下來的話，讓葉世傑鼓起的手臂肌肉又漸漸放鬆：「別逼我，十五年前也一樣，這不值得……」

十五年前，要不是……葉世傑搖搖頭，腦漿變得濃重，怎樣也化不開。

「你以為叫個保安就能讓我死了嗎？」葉世傑聽來就像在背台詞。

這時門口忽然傳來小跑步聲，而且還伴隨著規律而沉悶的金屬撞擊聲響，陳書華突然鬆開手，葉世傑因為失去支撐而踉蹌了幾步，等他站定後，發現他手上的槍正指著陳書華，而……陳書華正淚眼婆娑地望著他。

「讓我死，葉世傑，讓我贖罪……」他張開手，像要擁抱甚麼，接著才把手臂高高舉起：「你開槍，讓你自己也贖罪，或者我一個人也可以。」

葉世傑一點也不明白，只能盯著他看。

兩聲槍響。

陳書華背對著群眾站在葉世傑面前，從後門根本就沒有射到葉世傑的機會，忽然他理解了那個夢境，這時陳書華也正往他身上倒去，張開雙手環住了葉世傑的雙臂。葉世傑想用眼神示意劉警官，但後者的眼神只表露出堅定不移。

葉世傑一把抓住陳書華西裝背後的布料，用鍛鍊了十五年的臂力往旁邊一扯，在完全失去平衡前，使盡全身的力氣，把身體扭轉了過來……忽然感到一陣劇痛，在跌落地面的瞬間，他彷彿見到那座城池終於崩毀。

小跑步伴隨金屬撞擊的聲響逐漸逼近，意識模糊間，轉頭看了陳書華的臉，他因為忽然被撲倒而顯得困惑，葉世傑此時對他微微一笑。

「小小的過失傷人案也能驚動到刑事局偵一隊長，看來事情不簡單啊！」羅心惠是第一分局的偵查隊長，此時把雙腳都抬到了辦公桌上，饒有興致地盯著刑事局偵一隊長霍崇光。

「畢竟牽涉到兩大政治世家，雖然現在看來不會有甚麼大問題，但是上面的人還是很小心。」霍隊長高大的身材往後把辦公椅壓得嘎吱響，雙手交疊抱在腹前，蹺起的右腳不安地輕輕晃著。

「不會有甚麼大問題嗎？表面上的確看不出甚麼問題啊！」羅心惠用力抓了抓蓬鬆的亂髮，意有所指地翹起一邊嘴角，賣完關子後才接著說：「就是有人拿了把假槍鬧事，駐衛警趕過來，然後因為不清楚狀況又技術差所以開錯槍吧！」

「幾十個人看著呢！還能有假嗎？」雖然這麼說，但跟羅心惠相處久了，霍隊長甚麼也不敢確定了。

「當事人也這麼說……」羅心惠不以為然地哼了口氣，然後拿起檔案櫃上的文件就向霍隊長扔了過去，因為文件沒夾好，所以扔出去的瞬間就散了開來，但羅心惠偏過頭假裝沒看見：「聽過十五年前的那起案件嗎？」

「喂！」霍隊長手忙腳亂地抓著飛舞的紙張，但是羅心惠還是沒搭理他，於是他只好接著說：「當然知道，上面的人就是為了這件事來的，雖然這次的案件沒大問題，十五年前的那起也早結案了，但就怕節外生枝。」

「他們是該害怕，因為兩起案子很像。」羅心惠輕輕晃著腦袋，像是在為一首歌打節拍：「很明顯，葉世傑的目標不是李明輝，李明輝當年也不是真想鬧事。」

「怎麼個明顯法，我就看不出來。」霍隊長把掉在地上的紙一張張摳起來。

「為什麼不用腦袋呢？」羅心惠斜眼看著霍隊長，皺了皺眉頭。

「不如妳來告訴我吧！」霍隊長兩手一攤。

「答案很簡單，就是為什麼不用腦袋呢？」羅心惠還是皺著眉頭。

「因為我在把某人扔的東西撿起來！」霍隊長終於忍不住提高了音量。

「你沒明白。」羅心惠倒是氣定神閒：「我剛剛說了，兩起案子很像，拿槍的那個人，都被推上了牆，雙手被人死死地按著，這時一個真想鬧事的人會幹甚麼，就算雙腳因為空間侷限無法施力，但是……為什麼他們都不用腦袋去撞呢？」

「啊……」霍隊長終於撿起所有紙張，尷尬地癱坐在辦公椅上。

「所以這得出了兩個結論：十五年前李明輝不是真想鬧事，而現在的葉世傑也不是真想衝李明輝開槍。」羅心惠仍是心平氣和地說著：「先解決眼下的案件，如果葉世傑的目標不是李明輝，那他到底想幹嘛？特意做了把木製水槍，還搞了懷錶的那套戲碼，如果駐衛警不來，他就傻傻地被陳書華壓在牆上，怎麼想都不合理。唯一合理的解釋就是：他就是想被陳書華按到牆上，為什麼？為了要跟他說悄悄話嗎？其他方法也能達成這個目的，而這個行為的真正目的，就是後面來的那個駐衛警，也就是十五年前的另一個關鍵角色，前警官劉劍英。」

「妳是說劉劍英和葉世傑聯手……」霍隊長不可置信地歪著頭，但隨後又想起甚麼似地說：「可是，最後中槍的可是葉世傑啊！」

「不要去管中槍的人是誰，這世上還有比這更離譜的犯罪。」羅心惠搖搖頭：「只要思考一件事就好，以劉劍英那麼爛的射擊成績，就算到非開槍不可的時候，在不確定會不會傷到人質的情況下，他會果斷地開槍嗎？」

「可是為什麼……」霍隊長還是無法接受。

「我也不明白，無論怎麼想，陳書華都應該要死的。」羅心惠今天第一次面露愁容：「葉世傑擋下這一槍，只有自己知道真相，我得想想怎樣才能問對問題。」

「如果原本真的是兩個人合夥要殺陳書華，那又是為什麼？」霍隊長問。

「十五年前的那起事件，最大的受害者是誰？」羅心惠反問，不過很快又自己回答：「被當成兇手的葉世傑，還有被當成小丑的劉劍英，李明輝畢竟是自己拿了槍，而且現在又混得不錯，或許就沒有復仇的理由，但另外兩個人有。」

「可是，十五年前那起事件和陳書華毫無關聯啊！」霍隊長用力搖著頭。

「他是和三名當事人最有關聯的一個，而我之所以認定陳書華本來應該會死，是因為這次的現場，出現一個極有象徵意義的東西，木槍。為什麼要用一把木製的水槍，還帶了一個偽裝槍聲的小喇叭？」羅心惠一樣沒等霍隊長回答，逕自往下說：「如果要偽裝真槍，只要玩具槍和小喇叭就好，為什麼要特意做成水槍？如果是要偽裝血跡，和陳書華聯手演一場戲，水槍的不確定性太高了，而且還得限制視角，不如在身上綁血包。因此最合理的想法，就是這些道具都只是象徵，象徵陳書華用木槍殺了人，象徵血債血償，象徵當年的槍響。」

「妳說當年殺人的……是一把木槍？」霍隊長懷疑地斜眼望向羅心惠：「木槍難道能殺人嗎？」

「殺人的從來都不是槍，而是子彈，而且這樣一切就能說得通了。」羅心惠點點頭，蓬鬆的亂髮隨之晃動：「如果陳書華要殺人，代表他必須射出一枚有相同彈道的子彈，這世上沒有兩把彈道相同的槍，而那把槍又在李明輝手上，要射出有相同彈道的子彈，首先是要有這麼一顆子彈，再來在發射器的選擇上，一定不能是傳統的槍，因為槍管的膛線會破壞原有的彈道，必須選擇質地比彈頭要軟的槍管，這樣除了十字弓以外，就只能是木槍了。」

「雖然有點天馬行空，但是的確可行。」霍隊長用手摩著下巴，謹慎地點點頭：「但是為什麼最後中槍的是葉世傑？看現場的狀況應該是他擋下了那顆子彈，那得先從他開始下手。」

「不，我會先問那名前警官。」羅心惠揮揮手：「畢竟是大前輩，要給人一點尊重，而且如果我猜得沒錯，他應該還不明白為什麼葉世傑會擋下那槍，所以對這個意外會感到措手不及，這種狀態下比較容易說實話，就算說謊也很容易拆穿。」

於是，羅心惠便進了偵訊室，霍隊長則隔著單向窗觀察情況。

「先聲明，我只是在盡我的本分，我根本不可能知道那個人手上的槍是假的，我們都是警察，對方那時根本就不是把陳經理當人質，所以我想我們都知道甚麼時候要開槍，我要求不多，只希望妳對檢察官說點好話。」

羅心惠還沒開口，劉警官便先搶過了主導權，那是常見的手法，先用道理說服，再來就是把對方拉進自己的陣線裡，如果是稍微怕事一點的人，可能還會把它當作一種威嚇，這樣效果當然更顯著，但羅心惠不是這樣的人。

「不，不，不，今天請前輩來，主要是想請教十五年前的那件事。」羅心惠把問題拋遠，一方面是放鬆對方的警戒，另一方面也打亂了對手的布局：「不知道您是否還記得那起槍擊事件，今天的那名鬧事者，似乎是當年的嫌疑犯之一。」

「妳是說十五年前的校園槍擊事件嗎？」劉警官神色和緩了許多。

如果是菜鳥警官，這時恐怕會自作聰明地故弄玄虛，用刺探的語氣問：「現在回想起來，您是不是覺得那張臉很熟悉？」這樣問只會激化對方的敵對意識，要讓對方和盤托出，就必須繼續演下去。

「今天的那名鬧事者，就是您當年投書報紙指控的兇手，葉世傑。」羅心惠直接說出答案，省略掉可疑的試探：「就我所知，陳書華也是當年葉世傑的同學，我想知道的是，今天的這起事件，和過去有甚麼關聯？」

「妳真的想知道嗎？」劉警官雖然頭髮灰白，但眼神卻銳利如鷹。

「我想知道，十五年前的真相是甚麼？」羅心惠誠懇地回應。

「妳看出來了吧？」劉警官狠狠瞪進羅心惠的眼底，然後搖了搖頭：「我騙不了妳，妳也騙不了我。我知道，法律是無法騙一輩子的，就算騙了一輩子，那個代價也是煎熬，所以有些國家才定有追溯期，算是對那些逃犯的同情。」

羅心惠深吐一口氣，雖然偵訊就是爾虞我詐，但她也明白有時候誠實才是上策：「的確，我看出來了，不過想知道真相的心情是真的。」

劉警官似乎是驚訝於她的誠實，瞬時抬了下眉毛，但似乎怕心裡的底被揭出來，因此又很快掩飾過去，別過臉沉默了許久，不時還用手指頭輕敲著桌面，過了好一會兒，大概是終於下定決心了，才輕輕點了點頭。

「如果妳真想知道的話，拜託幫個忙，在我說完以前，先不要評論，如果我被打斷，妳就會錯失知道真相的唯一機會。」劉警官嚴肅地盯著她，等羅心惠終於也點了點頭，劉警官才像是獲得了解脫，長長地嘆了一口氣，接著便又開口。

「首先，那份調查報告根本是堆垃圾！」劉警官以這句話作為開場白。

後來，葉世傑也說了同樣的話，他要羅心惠先別評論，耐心聽他講，等他說完後，羅心惠才問他，為什麼最後還是放過了陳書華？

「是你，都是你害的……」

葉世傑說出陳書華在槍響前所說的話，之所以最後放過陳書華，並不是因為眼淚，也不是他表現出的懺悔，而是因為這句話。

畢竟眼淚和懺悔都可能是虛偽的，之所以收手，是因為葉世傑意識到，十五年前發生那樣的事件，自己必須負最大的責任，如果不是去跟老大要了槍，如果不是執意要演出這麼一場擦槍走火的戲，陳書華的詭計根本無從實踐。

所以說，即使最後是由陳書華扣下扳機，葉世傑自己也推了最重的一把。就連今天，如果葉世傑沒和劉劍英事先溝通過，最後被一槍打死了，也是自己造的孽，壓抑不住復仇之火所造成的後果。

想著這些的同時，葉世傑也看見了救贖的機會。殺人永遠是愚蠢的，為了復仇而殺人更是如此。今天如果成功殺了陳書華，那將會是一起完美殺人案，至少比十五年前的那起還要完美，他知道自己有很大的機率不會被定罪，那是不用負責的殺人，而且是光天化日之下復仇……但是他最後收手了，不是因為外力，而是看透了自己的內心。

為什麼？因為空虛。

撇除愉快犯，這世上大部分命案，幾乎都是弱者對強者下的手，即使下手的一方看來強勢，但細究之下都有其無法掌握的地方，而動機往往便是在於此。葉世傑自認不是愉快犯，那他相對陳書華而言，算是弱者嗎？

葉世傑很肯定地搖了搖頭，他曾經把對手放在生死的瞬間，不是不能，而是自由意識決定的不殺，他要陳書華活著感到懊悔，而不是死了然後解脫。

日後就算陳書華想再設計他，那也無所謂，因為每當陳書華挑戰他一次，他就會狠狠地反擊。在這之後，他會一次次地證明自己更為優秀，就像今天，一如既往，必須讓他學會懊惱，畢竟自己也懊惱了十五年。

接下來羅心惠又問了陳書華，慢慢補全了真相，陳書華承認十五年前的犯罪，並激動地流下了眼淚，不過他堅持自己當年並不是有意朝張健志開槍的，或許潛意識推了他一把，但他十五年來一直懊悔著。

至於今天這場行動，他說並不是如葉世傑原先想的那樣，其實一開始就是抱著必死的決心規劃了這個局，他不想苟且偷生，所以給他們兩人一個完美犯罪的機會。從一開始他就不是要利用劉警官殺害葉世傑，而是創造契機，讓兩人看清十五年前的那起事件，從中獲得救贖，也幫助他解脫。要是他們終究沒看清，落入另外一個劇情，陳書華當天也會一直擋著葉世傑，劉警官不可能有機會下手，而如果葉世傑執意要找李明輝復仇，他會擋下那槍，然後在死前說出所有真相。

分別訊問完後，羅心惠把他們聚在一起，劉警官在偵訊時就已經被告知葉世傑轉變的理由，所以他只給了葉世傑一個意味深長的微笑，而陳書華則顯得尷尬，眼珠不時左右打量兩人的表情。

「先說結論。」羅心惠咳了幾聲後，便開始正式的談話，她先看向葉世傑：「首先，葉先生所受的只是皮肉傷，法律上屬於告訴乃論的傷害罪，要如何處理，就看你自己的決定。至於十五年前的那起槍擊案……」

說前一段話時，葉世傑只是一派輕鬆地撫摸著肩膀上的繃帶，但是當羅心惠進入下一階段時，他神情頓時轉為肅穆，不過也沒看向任何人，只是默默低下頭，靜靜等候羅心惠宣布結果。

「目前只有嫌犯的自白，法律上來說，自白不能作為唯一證據，我不是檢察官，所以不能斷定有哪些適合作為補充證據，但是光看劉警官當年的辦案方向，要立案也很難……」羅心惠盯著陳書華，抿了下嘴唇：「這件事得由你決定。」

「那把木槍，我還留著……」陳書華沒看向誰，彷彿只是自言自語，葉世傑和劉警官盯著他的頭頂，似乎在做一個很困難的決定，陳書華這時抬起頭，微笑著搖搖頭後接著說：「雖然因為承受不住火藥衝擊而解體，但因為塗有防火漆所以沒燒毀，如果這能成為證據的話……」

「交給我吧！」葉世傑忽然接過話，深吸一口氣，盯著驚訝的陳書華：「那個東西就交給我吧！這樣一來，你就有一個把柄在我手上了……我想如果是張健志也會這麼做的，法律的制裁只會讓犯人感到安心，必須讓你一輩子活在恐懼裡。」

「這件事我可不能當作沒聽見。」羅心惠咬了下嘴唇，半皺著眉的樣子，讓人分不清是玩笑還是懊惱：「既然之後證據在你那裡，那我就會一輩子追著你，而且不會手下留情，我會建議你，最好別讓我看見那個東西。」

「我不可能會讓妳找到的。」葉世傑充滿了自信。

「前輩，你怎麼看？」羅心惠對劉警官歪了下頭。

「現在不是正式訊問，所以算是一個私下的情報來源，這樣妳就必須用自己的方法證實它。」劉警官斜著肩膀，表情顯得深沉：「同樣作為非正式的證詞，我想順便提醒妳，還記得第二顆彈頭的事吧！」

羅心惠原本刻意不提起，想說所有人都忘了這個破綻，儘管過了十五年，那顆偽造的彈頭可能還在窗框上，但是現在她知道這條路也沒戲了。

「先前葉世傑怕我盯梢，所以一直不敢去動那個窗戶，但後來大家都坦白了，所以我就透過點手段讓工友把窗戶給換了，現在那顆彈頭在我手上，以防日後哪天我又看這小子不爽。」劉警官一臉理所當然地說完這段話。

「好，這兩件事就先擱著！再問一個問題：我不知道是有意還無意，你們似乎略過了一件事情。」羅心惠輪流看了他們三人，三個人都露出疑惑的神色：「我不確定你們有沒有打算要告訴我，『老大』究竟是誰殺的？」

葉世傑的眼珠飄向劉警官，但很快又轉回來，這件事在葉世傑的故事裡有隱約暗示，而在劉警官的故事卻完全隱去了，劉警官這時只是堅定地望著前方，然後說：「如果我說意外足以解釋，你們能相信那不是惡意嗎？」

「我會仔細去查。」做了刑警那麼多年，羅心惠卻發現自己無法分辨這幫人到底是真是假：「你們刻意隱去『老大』的身分，但我知道他是飲料店老闆，或許不是飲料店老闆，或許店不在這裡開，但我可以調出近期的所有死亡事件……」

但就在這時，羅心惠想到另一種可能：如果這一切都是假的呢？葉世傑可以設法避開這段，就像劉警官那樣，最有可能的是「老大」根本沒死，故意說老大死了，是為了不讓警方繼續追究十五年前的槍枝來源，或許他們早有協議。

「我也做過警察，我知道絕對不能違法。」劉警官不動聲色地說。

「唯有法律和良心不行。」陳書華像要說給自己聽似地低聲道。

「算了，我想到的每種可能都會仔細去查。」羅心惠洩氣地抬起頭，但又像是被激起了鬥志，畢竟她可是第一分局的名探之一：「那你們今天都是良好市民，如果沒其他事情，就可以回家去了。」

「謝謝羅警官！」葉世傑和劉警官齊聲喊，而陳書華則是接在後面小聲說。

「對了，葉先生。」羅心惠在他們要離開時，又喊住了葉世傑：「剛剛在偵訊室裡，你說自己懷疑父親也和黑道有往來，對吧？」

「嗯。」葉世傑疑心地轉過頭。

「我覺得應該不是的。」羅心惠肯定地說：「如果跟黑道合作，治理他們就不會這麼辛苦了，黑道不會想要看到對自己友好的市長下台，就更不可能在他聲望漸下的時刻還鬧得人盡皆知了，只會暗地裡去做更多賺錢的事。」

「市長和黑道的共生型態不是這樣的。」陳書華雙眼渙散，呢喃似地說著：「如果黑道和市長聯手，就不需要像以前那樣打打殺殺了，而市民最在意的就是打打殺殺，那些利益勾結總是遙遠的，用利益換取打打殺殺，反而會被稱作德政吧！」

在陳書華說話的同時，葉世傑也在一旁看得出神，忽然，他轉向羅心惠，卻是完全無關的語句：「只要我們還沒走出門，調查就還沒結束吧！」

「嗯？」羅心惠不確定地應了一聲。

「最後，能再拜託一件事嗎？」葉世傑褪去剛才的自信和狡黠，對羅心惠略略彎下了腰，眼神誠懇地問：「能邀請蔡詩涵做非正式的問話嗎？」

或許葉世傑聽了那句話，忽然想在蔡詩涵身上確認某件事情吧！隔著單向窗，葉世傑靜靜聽著蔡詩涵向羅心惠訴說的話，當她表明當年的愛意時，他淡淡地笑了，當她說那一切只是過去時，他又臉色一沉。

接著，她問「還記得他怎麼說我嗎」，讓單向窗外的他猛然一驚。

「能告訴我你的目的嗎？」雖然眼前是一流的騙徒，羅心惠還是誠懇詢問。

「一開始，我想確認她為什麼離開我，選擇張健志和李明輝，我想，或許和父親的事情一樣，是我自己誤會了。」葉世傑說著，凝望著蔡詩涵已離去的偵訊室：「起初聽見張健志的部分時，還有點小開心，後來想說李明輝大概也是如此，但越聽越覺得不對勁，他們就像偶像劇裡的男女主角，而我就是那個男二，總是個不錯的形象卻永遠不適合。不過後來漸漸懂了，我從來沒有把她當作一個人來愛，只是一個形象，更像一個附屬品，我對她好，但並不是出於最原始的愛意，我只是要她愛我，今天的確認也是，我只是自私地希望她的婚姻不幸福。」

羅心惠沉默地點點頭，葉世傑這十多年來的變化實在太大了，不過從這段話當中，似乎又可見到有些東西是未曾改變過的，於是她忍不住開口：「愛這種事是不需要理由的，下一次，就請葉先生放肆去愛吧！」

「可是不知不覺就錯過了這樣的年紀啊！」葉世傑悠長地吐了口氣，接著，就如先前所說的，這真的就是他最後在乎的事了，聽完蔡詩涵的自白後，他不再有任何戀棧的情感，轉身便離開了警局。

葉世傑和陳書華先在納骨塔的櫃台換了門禁卡，前往前廳拜過了地藏王菩薩、天公和土地公，並擺上了供品，接著兩人走上樓梯，來到先前就打聽好的樓層，利用門禁卡打開其中一間房門後，開始尋找張健志遺骨所在的塔位。

雖然這間房連一支香也沒有，但四周充斥著檀木的香氣，儘管氣味稍微濃重了些，卻不讓人頭疼，反倒覺得身心平靜，在一個位置站定後，兩人都禁不住又深吸了幾口，心跳頓時緩了幾拍。

過程中兩人沒說過一句話，張健志的塔位稍低了點，因此葉世傑先蹲了下來，雙手合十，嘴裡並唸唸有詞，就這樣過了幾分鐘後，葉世傑才終於重新站起，並退到了一旁。

「該說甚麼？」陳書華盯著張健志的牌位問道。

「這傢伙在天國應該早知道了，就祝他在另一個世界愉快吧！」葉世傑這麼說著，歪著頭想了想，又忽然笑了：「都過了這麼久了，應該老早投胎了，或許現在正在背後看著我們偷笑呢！」

「不用道歉嗎？」陳書華沒笑，只是茫然地問。

「道歉也只是為你好，對一個離開的人，甚麼都無所謂了。」葉世傑凝視著他：「你能做的彌補不是道歉，而是反省，道歉只是反省的一種證明。」

於是陳書華也蹲了下來，像葉世傑先前那樣將雙手合十，只不過他的嘴沒動，只在心中默禱著，雖然時間稍微短了點，但也是經過了數分鐘後，他才又重新站起，退回原先站的位置。

「最後再拜一次，然後就走吧！」葉世傑說著便雙手合十，行了個鞠躬禮，見陳書華也跟著做了，便轉身用門禁卡開啟房門，往樓梯走去，準備回到前廳取回供品，陳書華就默默在後頭跟著。

「不問我說了甚麼嗎？」走下樓梯時，陳書華忽然問道。

「無所謂，無論說甚麼都不重要，因為你不是說給我聽，也不是說給健志，能接收到訊息的就只有你自己。」葉世傑頭也不回地揮揮手：「這就是古人的智慧，逝者無論如何都無法復生，死亡的所有禮節都是為了照顧生者。」

「如果我沒有反省，那也無所謂嗎？」陳書華沒停下腳步，但語氣頓時緩了下來：「既然死者無所謂了，那這一切的一切，是不是也都無所謂了？」

「知道囚徒困境嗎？」葉世傑已走到樓梯底部，正往前廳走去：「只要出賣對方就可以換取利益，但是最大的利益是兩個人不互相出賣，而且因為是囚徒，所以更加覺得對方可能出賣……雖然有點老土，但困境唯一的解法，就是信任吧！」

「你覺得我們能彼此信任嗎？」陳書華不帶感情地問。

葉世傑頓時沉默了，這時他已經站在前廳的供桌前，他分別又拜過前廳的神明，才將桌上的兩袋供品取走，其中一袋交到了陳書華手上，接著前往櫃台，將識別證換回原先的證件，才走出了納骨塔的大門。

「知道為什麼有些國家會定刑事的追溯時效嗎？」一出大門，葉世傑便問道：「因為他們覺得，就算沒坐牢，那些犯人躲躲藏藏了那麼多年，也算受到足夠的懲罰了，如果有所謂正義的制裁，這對我來說才是比較對的詮釋呢！」

這時，忽然吹來了一陣風，一下將他們身上的濃重香氣給吹散了。

「因為法律無法有效地制裁犯人，所以選擇用法律外的方法去制裁他嗎？」陳書華點點頭，大概理解了葉世傑想表達的意思：「一輩子都必須在互相猜疑中過日子，對於我們來說，這才是真正的懲罰吧！」

「我們都是囚徒呢！」葉世傑的嘴角翹了一下：「如果葉家和陳家合作，肯定有張家李家冒出頭，要達成最大利益，就必須成為彼此的宿敵，在互相猜疑中贖罪，在背叛的恐懼中思考那條不可退讓的線，才是那傢伙所交換來的代價吧！」

落日映出他的剪影，陳書華看得出神，葉世傑轉過身，眼神十分深沉，但就在旁人要被打動的瞬間，他的嘴角倏地抽動了一下，接著臉皮像是撐不住，一下炸出燦爛的笑臉，他豪邁地笑出聲，甚至不得不摀著肚皮彎下腰來。
陳書華像是被感染，也跟著笑了，兩人的笑聲迴盪在幽靜的山谷之間。

（全文完）

伊卡洛斯的罪刑
Deviation of the Accidental Discharge

要推理49　PG2003

要有光
FIAT LUX

伊卡洛斯的罪刑

作　　者	楓　雨
責任編輯	陳慈蓉
圖文排版	周妤靜
封面設計	王嵩賀

出版策劃	要有光
發 行 人	宋政坤
法律顧問	毛國樑　律師
印製發行	秀威資訊科技股份有限公司 114台北市內湖區瑞光路76巷65號1樓 電話：+886-2-2796-3638　傳真：+886-2-2796-1377 http://www.showwe.com.tw
劃撥帳號	19563868　戶名：秀威資訊科技股份有限公司 讀者服務信箱：service@showwe.com.tw
展售門市	國家書店（松江門市） 104台北市中山區松江路209號1樓 電話：+886-2-2518-0207　傳真：+886-2-2518-0778
網路訂購	秀威網路書店：https://store.showwe.tw 國家網路書店：https://www.govbooks.com.tw
總 經 銷	聯合發行股份有限公司 231新北市新店區寶橋路235巷6弄6號4F 電話：+886-2-2917-8022　傳真：+886-2-2915-6275

出版日期	2018年5月　BOD一版
定　　價	260元

國家圖書館出版品預行編目

伊卡洛斯的罪刑 / 楓雨著. -- 一版. -- 臺北市 : 要有光, 2018.05
面 ;　公分. -- (要推理 ; 49)
BOD版
ISBN 978-986-96013-7-5(平裝)

857.81　　107003096

讀者回函卡

感謝您購買本書，為提升服務品質，請填妥以下資料，將讀者回函卡直接寄回或傳真本公司，收到您的寶貴意見後，我們會收藏記錄及檢討，謝謝！

如您需要了解本公司最新出版書目、購書優惠或企劃活動，歡迎您上網查詢或下載相關資料：http:// www.showwe.com.tw

您購買的書名：________________________________

出生日期：________年________月________日

學歷：□高中（含）以下　□大專　□研究所（含）以上

職業：□製造業　□金融業　□資訊業　□軍警　□傳播業　□自由業

□服務業　□公務員　□教職　□學生　□家管　□其它____

購書地點：□網路書店　□實體書店　□書展　□郵購　□贈閱　□其他

您從何得知本書的消息？

□網路書店　□實體書店　□網路搜尋　□電子報　□書訊　□雜誌

□傳播媒體　□親友推薦　□網站推薦　□部落格　□其他________

您對本書的評價：（請填代號　1.非常滿意　2.滿意　3.尚可　4.再改進）

封面設計____　版面編排____　內容____　文／譯筆____　價格____

讀完書後您覺得：

□很有收穫　□有收穫　□收穫不多　□沒收穫

對我們的建議：________________________________

____

____

____

請貼
郵票

11466
台北市内湖區瑞光路 76 巷 65 號 1 樓
秀威資訊科技股份有限公司 收
BOD 數位出版事業部

(請沿線對折寄回,謝謝!)

姓　　名:＿＿＿＿＿＿＿＿　年齡:＿＿＿＿　性別:□女　□男

郵遞區號:□□□□□

地　　址:＿＿＿＿＿＿＿＿＿＿＿＿＿＿＿＿

聯絡電話:(日)＿＿＿＿＿＿＿＿＿＿(夜)＿＿＿＿＿＿＿＿＿＿

E-mail:＿＿＿＿＿＿＿＿＿＿＿＿＿＿＿＿